追放された元令嬢、森で拾った皇子に溺愛され聖女に目覚める 2

もよりや

B's-LOG BUNKO
ビーズログ文庫

イラスト／茲助

c o n t e n t s

キャナリー
訳あって森出身の庶民。
食べることと歌うことが大好き！
ジェラルド
グリフィン帝国の第三皇子。
ダグラス王国でキャナリー
に出会い、『剣の誓い』をした。
人物紹介

レイモンド
グリフィン帝国の第一皇子。
美しいものを愛す芸術家肌。
サイラス
グリフィン帝国の第二皇子。
剣術が得意で攻撃的な性格。
ラミア
キャナリーの育ての親。
森に住む薬売り。
アルヴィン
ジェラルドの従者。
突出した才能を持つ神官。

第一章　消えた魔力

「すごいわね、ジェラルド！　どこまでも石の家が続いていて……！　私、あんなところを歩いたら、絶対に迷子になると思うわ！」

キャナリーが驚《おどろ》いてそう言ったのは、グリフィン帝国《ていこく》の領内に入って間もなくのことだった。

帝国の第三皇子であるジェラルドと、森で育ったキャナリーを乗せた馬車は、ダグラス王国を発《た》った後、好天にも恵《めぐ》まれて順調に街道《かいどう》を走ってきた。

そして小高い丘《おか》に差しかかり、眼下に広がる窓からの風景を目にした時、キャナリーはあまりにもたくさんの家々や高い塔《とう》、大きな商店が建ち並ぶ帝国の姿を見て、びっくりしてしまったのだ。

町の外側には沿うように大きな川が流れて橋が架《か》かり、天然の関所になっていた。

キャナリーの正面に座っているジェラルドは、その様子を見て誇《ほこ》らしそうに言う。

「我が国の第一印象は、悪くなかったみたいだね。実際に暮らしてみても、気に入ってくれるといいんだが」

「私はもう、気に入ってるわ。だって、ジェラルドの生まれ育ったところでしょう。わあ、あっちには湖もあるのねえ」

そうして窓にかじりつくようにして外を眺《なが》めるキャナリーを、ジェラルドはずっと優《やさ》しい目をして見つめている。

「……ああっ、ほら見て、虹《にじ》よ！　すごく綺麗《きれい》……！」

遠くの山にかかる、七色の光の橋に気がついたキャナリーは、夢中で指さした。

ジェラルドも興味を示して、そちらに視線を向ける。

「本当だ。この季節には珍《めずら》しいな。きっと、キャナリーを歓迎《かんげい》しているんだよ」

キャナリーはジェラルドを見て、ふふっ、と笑う。

「そうかしら。だといいんだけど……」

その虹を横切って、悠然《ゆうぜん》と飛んでいく姿がある。

それは真っ白なもふもふの、巨大《きょだい》な鳥。女神《めがみ》イズーナから祝福を受けた存在である、風をつかさどる聖獣《せいじゅう》のシルヴィーだった。

羽毛《うもう》に隠《かく》れて見えないが、その背中には火をつかさどる聖獣の黒猫《くろねこ》、サラも乗っている。

シルヴィーとサラはダグラス王国の陰謀《いんぼう》によって何年もの間、薬で眠《ねむ》らされていた。

聖獣が国内にいると、世界中を闊歩《かっぽ》する怪物《かいぶつ》ゴーレムが、近寄ってこないからだ。

聖獣を探しにダグラス王国へ訪《おとず》れる途中《とちゅう》、ゴーレムによって怪我《けが》をしたジェラルドを助けたのが、付近の森に住んでいたキャナリーだった。

「きゅいいい、ぴぃー！」

可愛《かわい》らしい鳴き声が何を意味しているのか、キャナリーには人の話す言葉と同じように理解ができる。

眠らされていた聖獣たちは、キャナリーの癒《いや》しの魔力《まりょく》を持つ歌によって復活したのだが、これは驚くべきことだった。

なぜならこの世界では、魔法《まほう》を使える者は王族と皇族、またはその血を引いた貴族など、ごく限られているからだ。

女神イズーナが創造した、翼《つばさ》の一族、竜《りゅう》の一族といった存在も伝えられているが、実際にその姿を確認《かくにん》した者は現代ではほとんどいなくなっている。

また、各国の王が統治する一世代につき一人だけ出現するといわれている聖女にも、国を護《まも》る魔法が使えると言い伝えられていた。

ジェラルドは命の恩人であり、聖獣を復活させてくれたキャナリーを聖女だと認識《にんしき》し、ぜひとも自分の故郷に連れ帰りたいと望み、グリフィン帝国への道中を共にしている。

「あら。ジェラルド、馬車を停《と》めて。シルヴィーがそろそろ馬車と別れて、山のほうに行くそうよ」

ジェラルドはキャナリーの言葉にうなずいて、御者《ぎょしゃ》に合図をして馬車を停めた。

キャナリーたちが馬車を降りると、シルヴィーがぐんぐん高度を下げて近づいてくる。ばっさばっさと羽ばたく大きな翼のせいで、辺りの枯《か》れ草《くさ》が舞《ま》った。

「キャナリー。シルヴィーたちがこれからどこへ行くのか、居場所を確認してくれないか。以前いた帝国内の、巣に戻《もど》ってくれるのなら嬉《うれ》しいんだが」

「ええ、わかったわ。……シルヴィー、ここまで飛んできてくたびれていない？　お腹《なか》はすいてないの？」

「きゅーい、ぴぴっ」

「まあ、あちこちで木の実をついばみながら飛んでいたのね。それならよかった。それで、ここからはどこへ行くのかしら……？」

尋《たず》ねると、シルヴィーの真ん丸なふわふわの頭から、小さな黒い毬《まり》が転がり出て、キャナリーの肩《かた》に飛びついた。

サラは真っ黒な、可愛らしい子猫そのもののように見えるのだが、尻尾《しっぽ》は燃える炎《ほのお》となっている。

ただし不思議なことに、尻尾の炎は触《ふ》れても熱くないし、火傷《やけど》もしない。

「サラ！　うふふ、あなたも満腹なんでしょう？　お腹がぽんぽこりんだもの」

「みぅー、みああ！」

「ぴいっ、きゅいい！」

「ああ、やっぱり。ジェラルド、安心して。前に住んでいた、とっても居心地《いごこち》のいい山の中の洞窟《どうくつ》に帰るんですって。周囲の国々の空を飛ぶのも、以前と変わらずだそうよ」

それを聞いたジェラルドは、ホッとしたように笑顔《えがお》を見せた。

「よかった、領地内にいてくれるなら心強い。これで帝国とその周辺国に、ゴーレムは近寄ってこないだろう。それに、いつでも会える」

ジェラルドは手を伸《の》ばし、キャナリーの肩に乗っているサラの頭を優しく撫《な》でた。

次いで、シルヴィーのもふもふの首を、抱《だ》き締《し》めるようにして頰《ほお》ずりする。

「シルヴィー、また会いに行くよ。たまにはそっちからも、城に遊びに来てくれ」

「きゅいい！」

わかった、と言うように首を縦に動かすと、再びサラを頭に乗せたシルヴィーは、高く空へと舞い上がった。

その愛らしくも神々《こうごう》しい姿を、キャナリーとジェラルド、そして他の馬車から降りてきたジェラルドの従者にして神官のアルヴィン、御者や護衛の者たちも、街道にずらりと並んで見送った。

羽ばたく白い毛玉のような姿が豆粒《まめつぶ》ほどに小さくなり、さて馬車へ戻ろうとキャナリーが視線を移したその時。

きゅーん、くぅーん、というかすかな声が聞こえた気がした。

（サラ……？　じゃないわよね。もう、あんなに遠くに行ってしまったもの。でも、それじゃあ何かしら）

「キャナリー？　そろそろ馬車へ戻ろう」

「ええ、そのつもりなんだけど、ちょっと待って」

キャナリーは煉瓦《れんが》の敷《し》き詰《つ》められた街道の端《はし》の、草むらのほうに近寄っていく。どうもその辺りから、声が聞こえた気がしたからだ。

「……くう、……きゅうう……」

「やっぱり！　ジェラルド、何かいるわ」

がさっ、と尖《とが》った草の先が揺《ゆ》れたのを見て、キャナリーはそちらへ駆《か》け出《だ》した。

するとそこには——

「茶色い、ふわふわの子犬さん！」

何かを訴《うった》えかけるようにこちらを見つめ、しきりに鳴いている子犬は、まだ生まれて数カ月のようだった。毛並みがよく、くりくりとした黒い大きな目が愛らしい。

首にリボンがついているので、飼い犬らしかった。

可愛い！　と微笑《ほほえ》みかけたキャナリーだったが、すぐその表情は曇《くも》ってしまう。

「あなた、怪我をしているのね」

子犬の右の後《うし》ろ脚《あし》には、血がにじんでいた。喧嘩《けんか》をしたのか、農機具に引っかけられたか、あるいは害獣《がいじゅう》用の罠《わな》にかかったのかもしれない。

「キャナリー。きみの歌声を、俺も聴《き》きたいな」

しゃがんだキャナリーの背後から、ジェラルドが腰《こし》をかがめて囁《ささや》いた。

傷ついた子犬を心配しているキャナリーの様子から、すぐにこちらの心のうちを察してくれたに違《ちが》いない。

キャナリーは振《ふ》り向《む》いてうなずくと、コホン、と小さく咳払《せきばら》いをした。

そして、ダグラス王国で村の子どもたちが遊びながら口ずさんでいた、犬の歌を歌い出す。

「おはなくんくん　ふりふりしっぽ　しろいぬくろいぬぶちのいぬ　ごはんのじかんはもうすぐだ　おしりをならべてまっている」

「相変わらず、きみの歌声は素敵《すてき》だ。もう何曲かリクエストしていいかな？」

上機嫌《じょうきげん》で言うジェラルドだったが、キャナリーは眉《まゆ》をひそめた。

「……おかしいわ、ジェラルド」

「うん？　俺はいつでもきみの歌を聴きたいと思っているよ。何十曲でも何百曲でも。何もおかしいことなんてない」

心外そうなジェラルドに、違うの、とキャナリーは首を振った。

そして、そっと子犬の脚に触れてみると、きゃんっ！　と子犬は悲鳴を上げる。慌《あわ》ててキャナリーは手を引っ込めた。

「ごめんなさい、痛かったわよね！」

「痛い？　どうして。キャナリーの癒しの歌を聴いたんだ。傷は治ったはずだろう？」

ジェラルドも異変に気づき、心配そうな顔になる。

「でも治っていないものは、治っていないのよ。待って、もう一度やってみるから」

キャナリーは、今度はもう少し大きな声で歌ってみる。

けれど、結果は同じだった。

「効果がないようですね。……いったい、どうしたんでしょうか」

ジェラルドのさらに背後から、馬車を降りて様子を見に来たらしいアルヴィンが、困惑《こんわく》したような声で言う。

アルヴィンはジェラルドの従者であると同時に、優秀《ゆうしゅう》な神官だ。

キャナリー自身にもわかるはずがなかったが、ここで悩《なや》んでいても埒《らち》が明かない。

「とにかく歌が駄目《だめ》なら、薬で治療《ちりょう》しなくちゃ」

サッと立ち上がって馬車へ走り、旅用にとジェラルドからもらった小さな可愛らしい、絹のハンドバッグをごそごそやって、二枚貝に収められている傷薬を持って戻ってくる。

キャナリーは赤《あか》ん坊《ぼう》のころ、薬作りの名人である老婆《ろうば》のラミアに拾われ、育てられた。だから自分でも薬が調合できるし、お守りのような感覚で、多少の薬は持ち歩いている。

くぅん、と悲しそうな声を上げる子犬の傷に、キャナリーは手際《てぎわ》よく薬を塗《ぬ》ってスカーフの切れ端を巻く。

「これで何日かしたら、よくなると思うけど……」

弱っている状態でこのまま放置しておいたら、カラスの餌《えさ》になりかねない。

そんなふうに心配していると、遠目にこちらの様子を窺《うかが》っている、村人たちの姿が目に入った。

もしやと思いジェラルドを見ると、同じことに気がついたらしい。

「あの者たちに、この犬の飼い主を知っているかどうか、確かめてきてくれ！」

そう呼びかけると、ただちに従者の一人が駆けていき、話を始める。

案の定、飼い犬を探していた飼い主本人だったらしく、犬は無事に引き取られていった。

安堵《あんど》の笑みを浮《う》かべたキャナリーだが、ジェラルドは別の理由で表情を曇らせている。

「本当に、どうしたんだろうな。きみの歌に、癒しの効果がなくなってしまうなんて。馬車に揺られて、疲《つか》れが出たんだろうか」

車内に戻り、再び向き合って座ったジェラルドは、馬車が走り出してもずっと心配そうな顔をしていた。

キャナリーは首を傾《かし》げ、喉《のど》や胸に手を当ててみる。

「どうなのかしらねえ。別に、身体《からだ》はなんともないけれど」

ううーん、と腕組《うでぐ》みをしてなおも考えたキャナリーだったが、やがて肩をすくめた。

「考えてみたところで、しょうがないわよね。傷を癒せないのは心苦しいけれど、私には薬が作れるわ！」

キャナリーは言って、胸を張る。

「魔法なんて、夢みたいなものじゃないかしら。どこかへ行ってしまっても、そんなものかなって思うの。でも……」

心からそう思っているものの、一抹《いちまつ》の不安がある。

キャナリーは正面に座っている、ジェラルドの青い瞳《ひとみ》を見つめて言った。

「ジェラルドは、そんな私じゃつまらない？　魔力のない、ただの森育ちの娘《むすめ》なんて」

するとジェラルドは、思い切り首を左右に振った。

そして両拳《こぶし》を握《にぎ》り、力強く断言する。

「まさか！　そんなわけ、あるはずがない！　俺はキャナリーから魔力がなくなろうが、角やしっぽが生えようが、口から火を噴《ふ》いたってそれはそれで魅力《みりょく》的だと思うよ」

「えっ、ええと……それは喜んでいいことなのかしら……」

「もちろんだ、キャナリー。つまり、きみはきみだってことだよ」

それならいいけど、とキャナリーはようやく安心して笑う。

ジェラルドもそんなキャナリーを見て、くすっと笑った。

「さあキャナリー、見てごらん。そろそろ橋を越《こ》える。城までもうすぐだ」

「あっちの丘の上に見えてきたお城でしょう？　すごい、なんて大きいのかしら。ダグラス王国の宮廷《きゅうてい》が、小さいくらいに思えてしまうわ」

話しているうちに、本当に魔力なんてあってもなくてもどっちでもいいわよね、とキャナリーには思えてくる。

けれど魔力を秘めている存在かそうでないかということを、非常に重要で大切なものだと考えている者たちも、確かに存在していた。

それは自らが魔力を持つと同時に、多くの民を統《す》べる者たちだった。


「よくやった、ジェラルド！　聖獣を探し当て、我が帝国に連れ戻すという大役を、お前は無事に果たしてみせた。聖獣がこの地にいるとなれば、ゴーレムどもは、近づいてこれぬだろう。近隣《きんりん》の国々も同様に、その恩恵《おんけい》を受けることになる。我が国に感謝するに違いない。わしは鼻が高いぞ」

重々しく言ったのは、玉座に座り口元にひげをたくわえた、威厳《いげん》のある男性。ジェラルドの父親である、グリフィン帝国皇帝《こうてい》だった。

あらかじめジェラルドから聞かされていたものの、キャナリーにしては珍しく緊張《きんちょう》しながらその様子を見守っていた。

城に入った時からキャナリーはもうずっと、目がちかちかしてしまっている。

グリフィン帝国の宮廷が、あまりにも雅《みやび》やかで壮麗《そうれい》だったからだ。

柱や扉《とびら》などは鋭角《えいかく》な造りでほぼ白で統一され、荘厳《そうごん》で力強い感じがする。だが、装飾《そうしょく》品や彫像《ちょうぞう》などは、とても優美で繊細《せんさい》な細工が施《ほどこ》され、さらにそのすべてに金箔《きんぱく》が貼《は》られてきらきらと光っていた。

職人の最高級の技《わざ》と、贅《ぜい》の限りを尽《つ》くした広大な皇帝の居城に圧倒《あっとう》され、森育ちのキャナリーは呆然《ぼうぜん》としてしまう。

ここはグリフィン帝国の宮廷の中でも、もっとも豪華《ごうか》な一室なのかもしれない。

皇帝が人々の話を聞く、謁見の間だった。

天井《てんじょう》は見上げると首が痛くなるほど高く、大理石の床《ゆか》の中央は一段高くなっており、深紅《しんく》の絨毯《じゅうたん》が敷き詰められている。

そこには黄金の、背もたれの部分が非常に大きな玉座があり、少し離《はな》れた右側に一脚《いっきゃく》、左側には二脚、やや小ぶりではあるが同じく豪奢《ごうしゃ》な椅子《いす》が置いてあった。

背もたれにも肘掛《ひじか》けにも、ぎっしりと真珠《しんじゅ》や宝石がはめ込まれている。

左右の壁際《かべぎわ》には、衛兵らしき者たちがずらりと並んでぴくりとも動かずに、じっと真正面を見つめていた。

無事に帰国した息子《むすこ》と、一刻も早く会いたいという皇帝の要望により、キャナリーもジェラルドも馬車から降りるなり、この謁見の間に通されているのだが。

（これって、親子の対面なのよね？　こんな雰囲気《ふんいき》の中でお父様と会うなんて……）

すごいと思うと同時に、なんだか大変だなとキャナリーは思ってしまった。

「お褒《ほ》めいただき光栄です、父上」

一方、ここで生まれ育ったジェラルドは、当たり前だがいつもとまったく様子が変わらない。

彼の後ろにアルヴィンと並んで立つキャナリーは、そっと周囲を眺めていた。

と、なんとなく自分に強い視線が向けられていると気がついて、キャナリーはそちらに目を向ける。

皇帝の両横には、二人の青年が立っていて、こちらをじっと、値踏《ねぶ》みするような目で見つめていたのだ。

（……何かしら。それに、誰《だれ》なんだろう。皇帝陛下の隣《となり》にいるってことは、多分偉《えら》い人なんだろうけれど）

そんなことを考えていると、ジェラルドが話しながらふいにこちらに顔を向けた。

「しかし、その役目を果たすことができたのは、私一人の力ではありません。アルヴィンと、こちらの……」

えっ？　と思う間もなくジェラルドはキャナリーの腕を取り、前へと引っ張っていく。

「キャナリー嬢《じょう》のおかげなのです」

「あっ、えっ、あの……」

後ろに立っていればいい、とだけ言われていたキャナリーは、まさかこんなふうに紹《しょう》介《かい》されるとは思っておらずにうろたえた。

それでも子爵家《ししゃくけ》で学んだ知識を総動員し、精一杯丁寧《せいいっぱいていねい》に、皇帝に対して挨拶《あいさつ》をする。

「──皇帝陛下におかれましては、ご機嫌麗《きげんうるわ》しく。お会いできて光栄です。キャナリーと申します」

恭《うやうや》しく言うとワンピースの裾《すそ》をつまみ、膝《ひざ》を折って頭を下げた。

皇帝は銀色の髪《かみ》を後ろにきっちりと撫でつけて秀《ひい》でた額をあらわにし、その頭には王冠《おうかん》が乗っていた。

重そうな濃《こ》い紫色《むらさきいろ》のマントには、豹《ひょう》か何かの毛皮の襟《えり》がついている。勲章《くんしょう》をぎっしりつけた上着は淡《あわ》い藤色《ふじいろ》で、細かな金糸の刺繍《ししゅう》が入った襟や袖口《そでぐち》、ベルトやブーツは漆黒《しっこく》だった。

四十代くらいと思われる皇帝の顔は、彫《ほ》りが深く整っている。目つきは鋭《するど》く、神経質そうにも見えた。

ふむ、と皇帝はうなずいて、興味深そうにキャナリーを眺めた。

「しかしジェラルド。この娘のおかげとはどういう意味だ？　働きによっては、娘に褒美《ほうび》を取らせるぞ」

よくぞ聞いてくれた、とばかりに、ジェラルドは目を輝《かがや》かせ熱を込《こ》めて話し出す。

「実は父上。彼女は癒しの魔法が使えるのです！」

ほう、と皇帝と両隣《りょうどなり》の男たちの、キャナリーを見る目が変わった。

頭の上から靴《くつ》の先まで検分されているようで、キャナリーはどんな顔をしていいのか困ってしまう。

「なんだと、癒しの魔法……それでは、聖女といっても差《さ》し支《つか》えないほどの魔力を持っている、と言うのか？　わしは身なりからして、てっきり侍女《じじょ》だと思ったぞ」

「侍女などと、とんでもない！　彼女の歌。それはまさに、聖女の力ではないかと」

ジェラルドはそれから延々と、キャナリーとの出会い、ゴーレムによる怪我を治してもらったこと、ゴーレムの大群と戦った末に、聖獣と再会するまでの顛末《てんまつ》を、事細かに話して聞かせた。

長々とキャナリーの優しさや勇気、料理の上手《うま》さなどについて褒めちぎり、後ろに下がって控《ひか》えていたキャナリーは照れて真っ赤になっていく。

「ああもう、長《なげ》えよ！　かいつまんで、短く話せ！」

そのうち皇帝の左側に立っていた髪の赤い青年が、痺《しび》れを切らしたように文句を言う。

ジェラルドは、負けじとそちらを見て言い返した。

「俺とキャナリーの出会いとそれにまつわる出来事は、すべてが運命によって引き起こされた大切な思い出なんだ！　軽々しく端折《はしょ》ったりできるものか！」

まあまあ、というように、皇帝の右側に立っていた髪の長い青年が、二人の間に入った。

そして探《さぐ》るような目で、ジェラルドに問う。

「……つまりそれくらい、お前にとってその女性は重要な存在になっている、というわけだな、ジェラルド」

「はい、そうです。兄上」

ジェラルドの返事を聞いて、あっ、とキャナリーは察した。

(兄上って言ったわよね。この人たちがそうなんだわ。前に、ジェラルドには二人のお兄さんがいる、っていう話を聞いたもの)

ジェラルドが兄上と呼び、敬語を使った相手は、おそらく上の兄、レイモンド皇子なのだろう。

長身のジェラルドよりさらに背が高く、すらりとしている。

　豊かな銀の髪は腰のあたりまであり、黄色と銀色を基調にしている服のせいもあって、動くとまるで光の滝《たき》のようだ。

　顔立ちはジェラルドよりも柔和《にゅうわ》で、顎《あご》が細くまつげが長い。キャナリーは男性に対してそんなふうに思うことは滅多《めった》にないのだが、とても美しい。

　けれどあまりに顔立ちが整っているせいか、不機嫌《ふきげん》な表情になると、ひどく冷たく見えた。

「本当にこの女、そんな特別な魔力を持ってるのかよ。そうは見えねえけどなあ」

　乱暴にそう言ったのは、十中八九もう一人の兄、サイラス皇子。

　顔が一番、父親である皇帝に似ている。

　しかし先ほども感じたが、とにかく口が悪い。目つきも悪く、こちらを蔑《さげす》むように眺める目の下には、濃いクマができていた。

　この女、と指さされたキャナリーはムッとしたが、自分が腹を立ててはジェラルドに迷《めい》惑《わく》がかかると思い、我慢《がまん》する。

（なんだか二人とも、私を見る目が怖《こわ》いんだけど。……でもそうよね。こんなすごい帝国のお城に、どこの馬の骨ともわからない女がいたら、場違《ばちが》いだもの）

　そう考えていたのだが、ジェラルドは違うようだった。

「キャナリーに関する話は、すべて事実だ。それはこのアルヴィンも共に見聞きしているし、ダグラス王国に書簡を送って尋ねてもいい。とにかく、キャナリーがいなければ、俺は命を落としていただろうし、ダグラス王国も滅亡《めつぼう》していただろう」

ジェラルドはムキになって言《い》い募《つの》るが、レイモンドは訝《いぶか》しそうにしている。

「……お前が嘘《うそ》をついているとは思わないが、森で出会った娘が聖女だとは、話があまりに突飛《とっぴ》すぎる。まずはこの娘の魔力の有無《うむ》を確かめてからでないと、話が始まらん。……アルヴィン」

キャナリーの横に立っていたアルヴィンは、呼ばれてハッと顔を上げる。

「司祭の持っている魔吸石《まきゅうせき》をこれに。あれがあれば、魔力のあるなしがわかるだろう」

はっ、と即座《そくざ》に応じてアルヴィンは退室し、間もなくクルミほどの大きさの、透明《とうめい》な石を持って戻ってきた。

（あの石、見たことがあるわ。歌唱団で歌に魔力がある令嬢《れいじょう》を選別する時に、石が色づくかどうかで判断した、って司祭が言っていたのと同じものじゃないかしら）

ダグラス王国では王立歌唱団を作り、歌声に魔力を秘めた者を探すという方法をとって聖女探しをしていて、キャナリーはその中の一人だった。

もっともキャナリーが王太子の前で歌った時には、聖獣が目覚めた勢いで地震《じしん》が起きたため、不吉《ふきつ》な女として追放されてしまったのだが。

キャナリーが思い出していると、アルヴィンが石を差し出してきた。

「キャナリーさん。この石を手に持って、歌っていただけますか」

「……ええ。でも……」

先刻、子犬の怪我を治せなかったことを思い、キャナリーは躊躇《ちゅうちょ》する。

それはジェラルドもアルヴィンも同様らしく、心配そうな顔をしていた。

(でも、いい機会かもしれないわ。私もどうなっているのか、はっきりさせたいと思っていたし)

そこでキャナリーは大きく息を吸い、両手で持った石を顔の前にかざして歌い始める。

「ひかりのめぐみ　のにみち　くものしずくも　やがてちにしみ……」

緊張していたが声はよく出て、美しく謁見の間に響《ひび》いた。しかし。

(やっぱり、駄目だわ……)

魔力があれば赤くなるはずが、透明なままの石を見て、キャナリーはため息をついた。

皇帝たちは、一斉《いっせい》に不審《ふしん》の目をキャナリーに向ける。

「ジェラルド。これはいったいどういうことだ！」

兄弟と父親に問《と》い質《ただ》され、ジェラルドは言葉に詰まる。

「おそらく……キャナリーは、旅の疲れが出ているのではないかと思います。そのため、一時的に魔力が消えてしまっているのではないかと」

「そんな聖女がいるものか！」

「癒しの力どころか、まったく魔力がないんじゃや、話にならねえな」

レイモンドが険しい表情で言い、サイラスも呆《あき》れたように吐《は》き捨《す》てる。

「怪《あや》しい魔薬《まやく》でも使って、ジェラルドに幻覚《げんかく》を見せたんじゃねえのか」

「催眠術《さいみんじゅつ》か幻術《げんじゅつ》の類《たぐい》かもしれんな。帝国の皇子にそのようなたわけたことをしたというなら、ただでは済まされんぞ、娘！」

「す、すみません、今の私に魔力がないのは本当です。だけど私、何も悪いことはしていません！」

謝罪するキャナリーを、ジェラルドは必死にかばう。

「幻術だなんて、とんでもない。キャナリーは……！」

だがその言葉を、レイモンドが制する。

「もういい。ジェラルド、お前はこの娘にだまされているのだ。優しさは長所だが、時としてつけ込まれる隙《すき》となる」

「だまされてなどいません！　キャナリーには確かに魔力があったのです！」

「いい加減にしないか、ジェラルド！」

さすが帝国の皇太子だけあって、レイモンドの厳しい声には威厳と貫禄《かんろく》がある。

レイモンドはつかつかとジェラルドの前まで歩み寄り、その両肩《りょうかた》に手を置いた。

「ジェラルド。お前は確かによくやった。ダグラス王国の手口を見抜《みぬ》き、聖獣を見つけ、ゴーレムを撃退《げきたい》する。素晴《すば》らしい手腕《しゅわん》だ。まさしくグリフィン帝国の皇子に相応《ふさわ》しい働きと言っていいだろう。さすが私の弟だ。お前を誇りに思うぞ」

「兄上……」

叱《しか》りつけるような口調で褒められて、どんな反応をしていいものかと迷っている様子のジェラルドに、なおもレイモンドは詰め寄った。

「だが、森で出会った正体不明の女をみすみす帝国に連れてくるとは、言語道断。なんという短慮《たんりょ》！」

「そうだ。追い出せ、追《お》い払《はら》え！　どこぞの国の間諜《かんちょう》かもしれねえだろうが。国境からこっちへは、入れないようにするべきだ！」

サイラスも、レイモンドに加勢する。

「投獄《とうごく》の後、取り調べの内容によっては命までは取らぬ。正直に白状すれば、国外追放で済ませてやろう。おとなしく従うがいい！　……衛兵！　この怪しい娘を取り押さえよ！」

レイモンドが命じた途端《とたん》、ザッと数名の衛兵が駆け寄ってきて、キャナリーの両腕を左右からがしっと拘束《こうそく》した。

「えっ、えっ、ちょっと待って！　私、本当にジェラルドをだましたりしてません！」

（もしかして私、また追放されるの？）

衛兵たちに抱《かか》えられ、ずるずるとキャナリーは、謁見の間の外に連れ出されそうになってしまう。

巨大な重い扉が開かれ、今にも引き立てられていこうとしたその時、必死の面持《おもも》ちでジェラルドが叫《さけ》んだ。

「兄上方！　俺はキャナリーと、剣《けん》の誓《ちか》いを交《か》わしている……！」

ハッ、とレイモンドとサイラスは目を見開き、キャナリーを連行する衛兵の足もぴたりと止まる。

ジェラルドは苦しそうな表情で、懸命《けんめい》に訴える。

「キャナリーとの距離《きょり》が遠くなれば、俺の剣は役に立たなくなるだろう。神罰《しんばつ》が下れば、この身がどうなるかもわからない。それは民《たみ》にとっても、損失に繋《つな》がるのではないかと」

ジェラルドは皇帝を見つめ、真剣《しんけん》に問う。

剣の誓いというのは、一般《いっぱん》的な騎士《きし》たちの場合は自分が仕える王や姫君《ひめぎみ》に対して行う儀《ぎ》式《しき》のようなものだ。

けれど魔力を持つ王族、皇族にとってのそれは精霊《せいれい》との正式な契約《けいやく》である。

剣の主《あるじ》を定めると、誰よりも主のためにその剣は威力《いりょく》を発揮するのだが、誓いを破れば剣士《けんし》に神罰が下ってしまう。

また、誓った相手との距離が開くと開いた分だけ、剣で戦う際の魔力が激減してしまう

ものらしい。

「この女と剣の誓いを……？」

サイラスは呆気《あっけ》に取られたようにつぶやいた。

「ジェラルド！　そこらの騎士ならばいざ知らず、お前の剣は、帝国の聖なる剣なのだぞ！　なのにこんな女と剣の誓いを交わすとは、自覚が足りなさすぎる！　それに」

レイモンドは、じろりと冷たい水色の瞳を、キャナリーに向けて続ける。

「お前は女という生き物の怖さを知らん。むろん、我が母上のような慈悲深《じひぶか》く教養のある、品性の高い女性もいるにはいる。民の上に立つ我々皇族は、そうした相手を選ぶ目を持たねばならないのだ。……世俗《せぞく》のことも皇族付き家庭教師が教えていたはずだが。どうもそちらの教育が足りなかったようだな」

「そんな……！」

ジェラルドが顔色を変え、反論しようとしたその時、甲高《かんだか》いヒステリックな笑い声が響いた。サイラスだ。

「ッハハハ！　確かにジェラルドは、女に関して勉強が足りてなかったな。俺様《おれさま》を見習え。頭を下げて頼《たの》むなら、少しは教えてやってもいいぞ」

ジェラルドはじろりと横目でサイラスを見たが、話にならないから無駄《むだ》だとでも言いたげに、口をつぐんだままだった。

肩に置かれたレイモンドの手を払いのけ、皇帝の前に歩み寄ったジェラルドは、跪《ひざまず》いて顔を上げた。

「父上。……陛下、お願いします。どうかキャナリーを、私の傍《そば》に置くことをお許しください。彼女はこれまで私が出会った、どんな女性……いや、どんな人間より素晴らしい人格者です。私を信じてください」

「こ、皇族方のお話の最中、口を挟《はさ》むなど誠《まこと》に恐縮《きょうしゅく》ですが」

必死の面持ちでアルヴィンが背後から、ジェラルドを援護《えんご》する。

「お怪我をされ、危機に瀕《ひん》したジェラルド様のお命を、キャナリー嬢が助けたのは事実です。私ははっきりと、目の当《まあ》たりにいたしました」

「……ううむ。忠実なお前が、嘘を言うとは思わんが」

皇帝はジェラルドとアルヴィンを交互《こうご》に見つめ、どうしたものかと天井を仰《あお》ぎ見る。

それからその視線はレイモンドに向けられ、次いでサイラスに、そして最後にキャナリーに向けられた。

皇帝は、重々しく口を開く。

「ジェラルド。お前の言葉を、信じぬわけではない。わしはそなたの、父だからな。だが、我ら皇族は公《おおやけ》の存在であり、民のために存在する。多くの民を信じさせるには、それ相応の説明と証拠《しょうこ》がいるのだ。それもないまま、皇子が言ったことなのだから真実だ、とすべて聞き入れれば、わしは親バカで横暴な君主ということになってしまう」

兄たちのように一方的に責めるのではなく、理《ことわり》を説いて話す皇帝の言葉には、ジェラルドも心を動かされたらしい。

悔《くや》しそうに、だが返す言葉もなく俯《うつむ》いた。

「――とはいえ剣の誓いは神聖なものだ。決して軽《かろ》んじてはならん……まあよい。魔力もない娘がたった一人でこのグリフィン帝国に対し、危害を加えられるとは思わん」

皇帝は疲れたように、首を振った。

「仕方ない。娘の滞在《たいざい》は認めよう。……ただし、あくまでも客人としてだ。お前の妃候《きさき》補としてなど、とんでもない。監視《かんし》も必要かもしれぬ」

そこで皇帝は、ちらりとレイモンドに目配せをした。

「もし何か問題が起きた場合には、その娘の処分はお前に任せる。自分で責任を取るのだぞ、ジェラルド」

穏《おだ》やかな、だが威厳のある声に、ジェラルドはうなずいた。

そして皇帝に背を向けると、不安そうに佇《たたず》んでいるキャナリーの肩を優しく抱くようにして促《うなが》し、ちらりとアルヴィンのほうを見てから、謁見の間を退出する。

ハラハラしながらこの様子を見守っていたキャナリーは、なんとか追放は免《まぬか》れたらしいと感じてホッとした。

（お城に到着《とうちゃく》した途端に、嵐《あらし》に巻き込まれたみたいだわ。どうやら帝国での暮らしは、円滑《えんかつ》にはいかなそうね）

そう考えて、ふう、と額の汗《あせ》をぬぐったのだった。

第二章 新しい居場所

「……俺が甘かった。大失態だ」

翌朝、キャナリーのためにジェラルドが急いで用意してくれた華《はな》やかな、けれど品のいい内装の部屋にアルヴィンと共に訪《おとず》れたジェラルドは、重苦しいため息をついた。

朝食後のお茶が用意された丸いテーブルを挟《はさ》み、それぞれがソファに座ると、ジェラルドは悔《くや》しそうな面持《おもも》ちで言う。

「きみに魔力《まりょく》がなくても、誠心誠意話せばきっとわかってくれると思っていた。だが聖《せい》獣《じゅう》を連れ帰っても、まだ俺は父上や兄上にとって、半人前の末っ子のままなんだろう」

肩《かた》を落とすジェラルドを、背後に控《ひか》えていたアルヴィンが励《はげ》ます。

「まさかキャナリーさんの歌から魔力が消失してしまうなんて、想定外でしたからね。とにかく、魔力が回復するのを待ちましょう。こうなると、剣《けん》の誓《ちか》いを交《か》わしていたことが、大正解だったようですね」

かつて、ジェラルドがキャナリーに剣の誓いをしたと知った時、レイモンドと同じように「帝国《ていこく》の聖なる剣なのですよ！」とアルヴィンは驚《おどろ》き呆《あき》れていたものだ。

それがこんなふうに言ってくれるということは、キャナリーと一緒《いっしょ》に過ごすうちに、完全に信用してくれたのだろう。

ジェラルドは皇族たちがキャナリーに対し、不信感を抱《いだ》いていることをしきりに恐縮《きょうしゅく》しているようだったが、キャナリーはそれに腹を立ててはいなかった。

「ねえ、ジェラルド。半人前だと思われているとか、そんなことは関係ないと思うの。私はお父様たちの気持ちもわかるわ」

えっ、とこちらを見るジェラルドに、キャナリーは微笑《ほほえ》む。

「だって森の中で育った、どこの誰《だれ》ともわからない庶民《しょみん》の娘《むすめ》を連れてきて、一緒にお城に住まわせてくれなんて言ったら、家族だって不安になるわよ」

皇族たちの前ではさすがに遠慮《えんりょ》しておとなしくしていたキャナリーだが、本来は自分が思ったことを、率直《そっちょく》に口に出す性格だ。

「私が一時養女になっていた子爵《ししゃく》家《け》では、子爵も夫人も私がメイドの女の子と仲良くすることさえ、嫌《いや》がったもの。皇帝《こうてい》一家ならなおさらでしょ？　すんなり受け入れられたら、むしろびっくりしちゃうわ」

明るく言うキャナリーだったが、ジェラルドはまだすまなそうな表情をしている。

「きみはそう言ってくれるが、キャナリー。俺に父上たちを説得できる力があれば、きみが無用な詮索《せんさく》を受けることもなかったはずだ」

「私への詮索もやっぱり、ジェラルドの身を案じてるのよ。お兄様も、お父様も」

「つまりそれが、未熟な半人前だと思われている、ということだ」

ジェラルドは憮然《ぶぜん》として言う。

「でなければきみを追放だなんていくらなんでも……ああ、思い返すと腹が立ってきた。兄上でなければ、決闘《けっとう》を申し込むところだ」

「決闘？　何言ってるの、私のせいで喧嘩《けんか》なんて絶対に駄目《だめ》よ！」

びっくりするキャナリーに、ジェラルドは断固として言う。

「キャナリー、男には譲《ゆず》れないものがあるんだ。大切な人を悪く言われて引き下がるなど、屈辱《くつじょく》でしかない」

「屈辱を感じるとしたら、言われた本人じゃないの。決闘するなら、私が自分で剣を取るわ！」

「なっ、何を言っているんだ、怪我《けが》をしたら危ないじゃないか！」

「あら、ジェラルドだって怪我をするかもしれないじゃない」

「俺はいいんだ！」

「そんなの私が許さない！　それこそ決闘してでも、ジェラルドを止めてみせるわよ」

「なんだって、俺ときみが決闘？　待ってくれ、わけがわからなくなってきた」

「まあ少し落ち着きましょう、二人とも」

言い合いを始めた二人を宥《なだ》めるように、アルヴィンが口を挟む。

「実はあの後、キャナリーさんの身の振《ふ》り方について、皇帝陛下から呼び出しを受けてご提案があったのです。今朝はそれについて、お話をせねばと思っておりました」

「キャナリーの身の振り方について、父上から提案だと？　アルヴィン、早く話せ」

急《せ》かすジェラルドに、アルヴィンは落ち着いた声で言う。

「はい。キャナリーさんを宮廷《きゅうてい》内に滞在《たいざい》させるのであれば、侍女《じじょ》という待遇《たいぐう》ならば許可すると。それであれば、他の貴族たちへの説明も不要ですし、キャナリーさんが何者かと疑われることもありません」

なんだと、とジェラルドは眉《まゆ》を寄せた。

「キャナリーが侍女？　冗談《じょうだん》ではない、俺は断じて納得《なっとく》しかねる！」

「あら、いいじゃないの！」

不服そうなジェラルドの言葉を、キャナリーの明るい声が遮《さえぎ》った。

「私、ジェラルドの侍女になる！　そうしてあなたのために働きたい。さすが皇帝陛下ね、いいアイデアだと思うわ！」

キャナリーの言葉に、ジェラルドは目をむいた。

「本気で言っているのか、キャナリー」

「ええ。……驚かなくたっていいじゃない。前にダグラス王国の丘《おか》で、侍女になるっていう話をしたじゃないの。だから私、もともとそのつもりでいたのよ？」

「ええっ？　あ、あの時は、本気とは思っていなかった。俺はまったく、そんなつもりじゃなかったんだ」

「あら、そうなの？　でも私が侍女になったほうがいいのよね、アルヴィン？」

そうですね、とアルヴィンは、気がかりそうにジェラルドをちらりと見てから言う。

「この状況《じょうきょう》であれば賓客扱《ひんかくあつか》いよりもむしろ、自然だと思います。聖女かもしれないけれど魔力が一時的に消えているジェラルド様と親しい庶民、などという存在はとても危《あや》うい感じます。いちいち城に出入りする貴族たちに説明するわけにもいきませんし。企《たくら》みを持って近づく者もいるかもしれませんから。ですので、たとえば……私の知人の娘さんということにして、ジェラルド様付きの侍女に組み込んでみるのがよいかと」

「そんなことができるの？　じゃあ、そうしましょうよ！」

アルヴィンの提案を聞き、即座《そくざ》にキャナリーは賛成した。

「そうなったら気兼《きが》ねなく、ジェラルドの近くで暮らせるじゃないの」

「いや……しかし、きみが侍女などと、そんな……それはあまりにも、心苦しい……」

またあ、とキャナリーは、ジェラルドに笑いかけた。

「最初に森であなたと出会って、治療《ちりょう》した時のことを思い出すわ。ジェラルドったら、遠慮しすぎなのよ。私は嫌なことは嫌って言うし、侍女も本当にやりたいと思っているから、やりたいの」

「ジェラルド様。キャナリーさんがこう言っていることですし、とりあえずそういう体裁《ていさい》をとりませんか。それならばレイモンド殿下《でんか》たちも、文句をつけたりはしないでしょう」

アルヴィンがとりなしてもなお、ジェラルドの表情は晴れない。

ジェラルドは浮《う》かない顔のままキャナリーの手を取り、目を伏《ふ》せた。

「キャナリー。俺は……」

ジェラルドはまだ、納得できていないようだった。

しかしキャナリーとしては、自分に魔力がなくなったせいで聖女であると証明できず、結果として父親である皇帝や皇太子のレイモンドに叱責されたジェラルドに対して、申し訳ないという気持ちが強い。

キャナリーはジェラルドを安心させるように、ことさら陽気に言った。

「ジェラルドがいなかったら、帝国に来るなんて、考えもしなかったでしょうね。今ここにこうしているのは、あなたのおかげよ」

申し訳ない様子のジェラルドに、キャナリーは笑ってみせる。侍女になることは、本当に嫌ではないのだ。

「私、グリフィン帝国っていう大きな国の宮廷の侍女が、いったいどんなことをするのか知りたいわ。どんなお仕事をして、何を見て、何を食べているのかしらって考えると、楽しみでわくわくしてくるの！」

キャナリーが力強く宣言すると、ようやくジェラルドは少しだけ歯を見せた。

けれどその眉は軽く寄せられ、表情には憂《うれ》いが残っていたのだった。

✦

「はじめまして、キャナリーさん。私はメリッサ・サンドール。ジェラルド様付き侍女を束ねる、侍女頭を務めております」

早速《さっそく》翌日、キャナリーはジェラルドの居室近くの、侍女たちが着替《きが》えや休憩《きゅうけい》、食事などに利用する部屋に呼ばれていた。

さすがに帝国だけあって、侍女たちの控室《ひかえしつ》といっても充分《じゅうぶん》に広く、ソファなどの家具は絹張《きぬばり》だし、ビロードのカーテンや花模様の壁紙《かべがみ》など、内装はとても華やかだ。

その部屋で、キャナリーはメリッサと名乗った女性の隣《となり》に立たされ、正面には四人の女性が並んでいる。

メリッサと四人は、いずれも揃《そろ》いの紺色《こんいろ》のワンピースに、真っ白なフリルのついた肩紐《かたひも》付きのエプロンを着けていた。

靴《くつ》は艶《つや》のない羊皮の、歩きやすそうなヒールの低いものを履《は》いている。

いずれも十六歳のキャナリーより、年上に見えた。

中でも薄茶色《うすちゃ》の髪《かみ》をきりりと束ね、細い眉の吊《つ》り上《あ》がった気の強そうな顔立ちのメリッサは、三十代前半のようだ。

「はじめまして。キャナリー・フォスターです。よろしくお願いします！」

キャナリーは挨拶《あいさつ》をして、ぺこっと頭を下げる。

フォスターというのは、帝国で魔道具《まどうぐ》の商《あきな》いをしているという、裕福《ゆうふく》な商人の姓《せい》だ。

アルヴィンの知人ということで許可をもらい、一時的に拝借していた。

メリッサは、隣に並んで立っているキャナリーをジロリと横目で見る。

「キャナリーさんは、アルヴィン様のお知り合いの娘さんだそうですが。おうちは商家で、貴族ではないのですよね？」

はい、とキャナリーはうなずく。

アルヴィンの親戚《しんせき》ということにもできたのだが、キャナリーは貴族のレディとして社交界にデビューしていない。帝国貴族の令嬢《れいじょう》にそんな娘はいないということは、すぐにバレてしまうだろう。

そもそもアルヴィンは子爵家の出身だが、突出《とっしゅつ》して優秀《ゆうしゅう》な神官であるがゆえに皇子の傍《そば》にいる立場を得て、現在は侯爵家《こうしゃくけ》に取り立てられたという特異で目立つ存在だ。

そのためキャナリーは、貴族ではなく商人の娘にしたほうが無難だろう、ということになった。

「皆《みな》さんのご迷惑《めいわく》にならないよう、精一杯《せいいっぱい》お仕事をしたいと思っています！」

胸を張って言ったのだが、他の侍女たちの反応は薄《うす》い。

どこか冷ややかな、つんと澄《す》ました顔をしている。

「言っておきますけれど、キャナリーさん」

コホン、とメリッサは咳払《せきばら》いをした。

「私たちは、下級貴族とはいえ、全員が貴族の出です。準男爵家《だんしゃくけ》、男爵家、子爵家と身分は様々ですけれど、私たちの中では上下をつけず、互《たが》いを『さん』付けで呼びます。そして貴族の令嬢だからといって、望めば誰でもが、侍女のお仕事に従事できるわけではありません」

メリッサが静かに言うと、並んでいる侍女たちも深くうなずく。

「もちろん、庭師や厨房《ちゅうぼう》で働くだけならば、貴族でなくとも立派な腕前《うでまえ》があれば可能です。しかし、皇族の方と……ジェラルド様と接し、そのお声を直《じか》に耳にできるこのお仕事は、そうではないのです」

目つきと同じくらい冷たい声で、メリッサは淡々《たんたん》と続けた。

「幾度《いくど》にもわたる面接。高度な筆記試験。身のこなし、作法、礼儀《れいぎ》、言葉遣《ことばづか》い、それらのすべてにおいて満点を取った者のみが従事できる、選ばれし役職なのですわ」

侍女たちは賛同の意思を示すべく無言で首を縦に振る。口を開けて聞き入っていたキャナリーは、すっかり感心してしまった。

(ジェラルドの侍女になるって、そんなに大変なことだったのね！　軽い気持ちではできない仕事なんだわ！)

そう考え、心の中で気合を入れていると、メリッサが不敵に笑う。

「ですので、キャナリーさん。アルヴィン様のご紹介《しょうかい》ということで、特別待遇を期待されているのであれば、大きな間違《まちが》いですわ。まずはそれを肝《きも》に銘《めい》じてください。よろしいですね？」

「はい。もちろんです」

むしろそういう、偉《えら》い人の紹介だから贔屓《ひいき》をする、といった感覚がキャナリーは嫌《きら》いだったので、すんなりと納得して首を縦に振る。

メリッサは、軽く肩をすくめた。

「口ではそう言っても、本当は不服なのではないかしら？　まあいずれにせよあなたには、この誉《ほま》れある紺色のワンピース……ジェラルド様付き専用のお仕着せを、すぐに着ていただくわけにはいきません。一カ月ほど、まずは試験的に働いてもらって、それでジェラルド様の侍女に相応《ふさわ》しいと私が判断したら、お渡《わた》しします」

「はい！　とっても素敵《すてき》なお仕着せですよね。皆さん、すごくよく似合ってます！」

快活に言っても、侍女たちは気まずそうに黙《だま》ったままだ。

メリッサは、相変わらず険しい顔で言う。

「はい、だけでいいのです。私語は慎《つつし》んでいただきたいですわ。……では、こちらへ。あなたがこれから、寝起《ねお》きをする部屋へ案内します」

そうしてメリッサは扉《とびら》を開け、廊下《ろうか》へ出た。

廊下ですら内装は豪華《ごうか》で、たくさんの蝋燭《ろうそく》が壁の燭台《しょくだい》や、シャンデリアに取りつけられて柔《やわ》らかな明かりを燈《とも》している。

けれどメリッサを先頭にぞろぞろと階段を下り、奥へ奥へと歩いていくうちに、その燭台の数はぐっと減り、なんだか薄暗《うすぐら》くなってきた。

廊下もつるつるした大理石から、石畳《いしだたみ》のように赤黒い煉瓦《れんが》が敷《し》き詰《つ》められたものになっていく。

空気もどことなく淀《よど》み、湿気《しっけ》とカビの臭《にお》いがしてきた。

「ジェラルド様には私たちの他に、五人の小姓《こしょう》がついております。それから、護衛が扉の外に二人、外出の時には六人。そして、執事《しつじ》が一人。彼らとは顔を合わせることが多いので、名前と顔をしっかり覚えるように。それがキャナリーさんの、最初の仕事です」

歩きながらメリッサは説明し、キャナリーはうなずいた。

「その他については、私たちを見ながら覚えるように。すぐには仕事などできないでしょうけれど、邪魔《じゃま》にならないようにしてくださいね。……さあ、ここですわ」

メリッサが立ち止まったのは、古く分厚い木の扉の前だった。

ぎいい、と音を立てて扉を開けた一室にメリッサが入っていき、その後にキャナリーと侍女たちがついていく。

メリッサはゆっくりとこちらを振り向いて、細面《ほそおもて》の顔に薄く嘲笑《ちょうしょう》を浮かべた。

「キャナリーさん。ここがあなたのお部屋です。気に入ったかしら？」

「……ここが……私のお部屋なんですか……？」

キャナリーはぐるりと見回し、つぶやいた。

狭《せま》い室内にある燭台はひとつだけで、とても薄暗い。

木製の小さな椅子《いす》とテーブルは年季が入ったものらしく、古びていて質素だ。

無言になったキャナリーに、メリッサは勝《か》ち誇《ほこ》ったような声で言う。

「裕福な商人のおうちで、何ひとつ不自由のない贅沢《ぜいたく》な暮らしをされていたんでしょうけれど。……ここはかつて、失態を犯《おか》した従者の反省部屋となっていましたが、現在の皇族の方々はそのような罰則《ばっそく》は野蛮《やばん》と考えて廃止《はいし》され、未使用となっています。他に余分な部屋はありませんから、ここをあなたに使っていただきますね」

（壁と同じで、天井《てんじょう》も石造りだわ）

無言でそこら中に触《ふ》れて検分しているキャナリーに、メリッサは苛立《いらだ》ったらしい。

「キャナリーさん！　聞いているのですか？　この部屋が不満なら、遠慮はいりません。すぐに出ていきなさい！」

「えっ？　とんでもないです！」

キャナリーはハッとしてメリッサを振り向くと、にっこり笑った。

「すごく頑丈《がんじょう》な部屋で感心してました！　これなら隙間風《すきまかぜ》も吹《ふ》き込まないし、床《ゆか》もきしんだりしないわ！」

言ってキャナリーは壁を叩《たた》き、ぴょんぴょんと飛《と》び跳《は》ねる。

メリッサは唖然《あぜん》とした顔になった。

「なっ……何を強がりを言って……」

言いかけた時、キャナリーが飛び跳ねた反動で、何かがメリッサの頭上にぷらーっと落ちてきた。

どよっ、と並んだ侍女たちがざわめき、その視線を追って、メリッサが上を向いた瞬《しゅん》間《かん》。

「ひいいい——っ！」

メリッサは蒼白《そうはく》になり、ビシッと石のように硬直《こうちょく》した。次いで腰《こし》が抜《ぬ》けたのか、へなへなと床に尻《しり》もちをつく。

頭上にいたのは、成人男性の拳《こぶし》ほどもある、毛の生えた蜘蛛《くも》だったのだ。

やがて必死に手足を動かしたメリッサは、パクパクと口を開け、がくがくと膝《ひざ》を震《ふる》わせて、逃《に》げるようにこちらへ這《は》ってくる。

キャナリーはきょとんとしてそちらへ歩いていき、ひょいと蜘蛛の背中を摑《つか》んだ。

そして、にっこり笑う。

「立派な虫取り蜘蛛ですね！　この子と同居できるなら心強いわ」

わしっ、と摑んだ蜘蛛を侍女たちに向けると、ヒーッ、キャーッと悲鳴が上がる。

「キャッ、キャナリーさんっ！　そっ、そんなもの、触《さわ》るのはおよしなさい！　あっ、危ないっ！」

「え？　危なくなんてないですよ。悪い虫を食べてくれるんです。知りませんか？　虫取り蜘蛛。ほら、よく見ると可愛《かわい》い顔をしているんです」

ほらほら、と差し出すと、キャアアア、と悲鳴は一層大きくなった。

「わっ、わかりました！　わかりましたから、お願いだから、そ、外へ……っ」

侍女たちの阿鼻叫喚《あびきょうかん》の中、涙声《なみだごえ》でメリッサが言うのでキャナリーは困惑《こんわく》しつつ、虫取り蜘蛛を窓から外に逃がしてやる。

メリッサはそれを見て胸を撫《な》で下ろし、恨《うら》めしそうにこちらを見る。

「へ……っ、部屋が気に入らないからと、よくもそんないやがらせを。このような反抗的《はんこう》な態度は、感心いたしませんよ！」

どうも、何か勘違《かんちが》いされているようだ。キャナリーは首を傾《かし》げた。

「こんなにしっかりした部屋が気に入らないなんて、とんでもないです」

キャナリーが思い浮かべ、比べていたのは、生まれ育った森の中の家だった。

生まれた時からそこにいたので、暮らしている間は特に不便は感じなかったが、とにかくおんぼろだったのだ。

あの家に比べれば石造りのこの部屋は、とてつもなく頑丈で立派に感じられる。

しかしメリッサは、どうもキャナリーが強がっていると思っているらしい。

「そ、そのように虚勢《きょせい》を張っていると、今に痛い目を見ますわよ」

「虚勢？　どうしてですか。こんなに大きなベッドまであるのに！」

森の家では、ベッドは養母のラミア専用で、キャナリーは屋根裏で藁《わら》にくるまって眠《ねむ》っていたのだ。

ぽすっ、とキャナリーがベッドに腰を下ろしたその時。

「きゃあああ！」

再びメリッサと侍女たちから悲鳴が上がった。

今度はベッドの下からちょろちょろと、ネズミが数匹《ひき》飛び出してきたのだ。

「あらネズミさんたちもいるの。賑《にぎ》やかな部屋ね」

「キャッ、キャナリーさんっ！」

「なんですか？　可愛いですよね、名前つけちゃおうかな」

微笑むキャナリーだったが、メリッサは半泣きになっていた。

「とにかく！　あ、明日は水汲《みずく》み！　朝日と共に水汲みのお仕事からですっ！」

いやああ！　ひいいい！　と悲鳴を上げて、転がるようにしてメリッサと侍女たちは、部屋から逃げていってしまった。

一人残されたキャナリーは、ポカンとして扉を見つめる。

（なんだかわからないけど、怒っていたのかな。私、何か変なことを言ったかしら。それに珍獣《ちんじゅう》でも見るような目で見られていた気がするんだけど。……まあいいか。そんなことより）

キャナリーは改めて、新しい自分の部屋をぐるりと見回す。

窓からは草の香りがする新鮮《しんせん》な空気が吹き込み、ベッドはしっかりとして、なかなか寝《ね》心地《ごこち》がよさそうだった。

「毛布はちょっと埃《ほこり》っぽいわね。でも、目の詰まったしっかりした生地《きじ》で暖かそう。さすが帝国ね。侍女もこんな毛布が使えるんだわ」

ベッドに座り、窓からの緑を眺《なが》め、キャナリーは満足する。

「気に入ったわ、なかなか素敵じゃないの。ここで明日から、ジェラルドのために頑張《がんば》って侍女の仕事をしよう！」

同じ建物のどこかに、ジェラルドがいる。

そう思うだけでキャナリーの心はほんわかと温かくなり、勇気とやる気が出てくるのだった。


「では、朝の水汲みを始めます。慣れないうちは大変な作業ですけれども、これは、ジェラルド様のお顔を洗い、お口を漱《すす》ぐために、朝一番に井戸から汲む大切なお水なのです。万が一にも、粗相《そそう》があってはなりません」

翌朝、日の出と同時に裏庭に向かったキャナリーは、メリッサと、その日の当番だという侍女と一緒に、水汲みの仕事をすることになった。

「以前、伯爵《はくしゃく》様の紹介ということでいらっしゃった令嬢がいましたけれど、ジェラルド様にお熱を上げてやってきただけで、水がめひとつ運べない、役立たずでしたわ。そのような人間は、ここには必要ありません。あなたはどうかしらね、キャナリーさん」

言いながらメリッサは、裏庭に続く回廊《かいろう》で、キャナリーに水がめを手渡《てわた》した。

「ポーラさんと一緒に、これに水を汲んできてください。こんな簡単なこと、できて当然ですけれど」

水がめは陶器《とうき》でできていて、空っぽでもそこそこ重さがある。

受け取ったキャナリーは、もう一人の侍女ポーラの先導で、よく手入れされた裏庭を歩いていった。

石畳には枯《か》れ葉《は》一枚落ちていないし、背の低い木々は可愛らしい形に整えられて、花壇《かだん》には様々な花が揺《ゆ》れていた。

けれど季節のせいなのか、あまりに広いせいなのか、何も植えられていない場所はがらんとして殺風景に見える。

空は端《はし》のほうからだんだんと、紺色から薄いピンク色になり、小鳥たちが朝が来たことを告げるように、そこら中でさえずり始めた。

気持ちのいい早朝の、夜露《よつゆ》に濡《ぬ》れた草の香りを、キャナリーは思い切り吸い込む。

(帝国でも森でも、朝の気持ちのよさは同じね。今日はいい天気になりそう)

そんなことを考えていると、ポーラがふいにくるりとこちらを向いた。

「井戸はあそこです。私はただの案内役なので、一人でやってくださいね」

素っ気なく言ってポーラが指さしたのは、大きく立派な井戸だった。

キャナリーは目を丸くする。

「すっ……すごいわ！　こんな井戸、初めて見たかもしれない」

「あら。そんなことも知らないなんて、やっぱり甘やかされたお育ちなのね」

ポーラは鼻で笑ったが、キャナリーは気にもしなかった。

水がめを持って小走りに井戸に近づき、中を覗《のぞ》き込む。

「もう水を汲んでいいんですよね？　やってみます！」

キャナリーは、早く水を汲んでみたくて仕方なかったのだ。

それは近くの村にあった、石で囲んだ深い穴に、ロープを括《くく》りつけたバケツを投げ入れるだけの井戸とは、まったく造りが違っていた。

屋根もあり、木と鉄でできた頑丈なもので、大きな滑車《かっしゃ》がついている。

（なるほど、これを引っ張ると……わあ、くるくる回って楽に持ち上げられるわ！）

ぐいぐいとロープを引っ張り、樽《たる》から水がめに井戸水を注ぐと、キャナリーはひょいとそれを持った。

「これでいいですか？」

「……えっ。あの、キャナリーさん。お水はちゃんと入れました？」

「もちろん。井戸ってすごく便利ですね！」

ポーラはキャナリーが軽々と水がめを持ったことが、不思議らしい。

何しろキャナリーは幼いころから、毎日毎日森の中の遠くの泉まで、水を汲みに行っていたのだ。

森は決して平たんではなかったから、木の根っこの交差するでこぼこ道を降りたり上ったり、かなりの距離《きょり》を歩かなくてはならなかった。

だから、城の裏庭の井戸で水を汲む、などということは、キャナリーにとってあまりにも簡単で、仕事とさえ思えないくらいだった。

首を傾げているポーラと共に、すたすたとメリッサのもとに戻《もど》ると、たちまちその顔は険しくなった。

「随分《ずいぶん》と早く戻ってきましたわね。ポーラさん、ちゃんと監督《かんとく》していましたの？　それにそんなに軽々と運んできて。何かズルをしているのではないでしょうね？　確かめなさい、ポーラさん！」

「は、はい。私も、おかしいとは思っていたのです」

メリッサに命じられ、ポーラは不審《ふしん》そうな表情で手を差し出してくる。

「その水がめを、こちらへ渡してください」

「え？　はい、どうぞ」

キャナリーが水がめを渡し、パッと手を離《はな》した瞬間。

「きゃっ、重……っ！」

驚いたポーラは水がめを抱《かか》えたまま、どすんと地面に尻もちをついてしまった。

「あぁっ、つ、冷たい！」

斜《なな》めになったせいで水が零《こぼ》れ落《お》ち、スカートがびしょ濡れになる。

「何をしているのです！」

慌《あわ》ててメリッサが駆《か》け寄《よ》って、ポーラの様子を見る。

「も、申し訳ありません！　あまりになみなみとお水が入っていたので、重たくて驚いてしまって……」

「そ、そう……でしたか。キャナリーさん」

メリッサは、キッとキャナリーを睨《にら》む。

「多少、腕に力はあるようですけれど。お水は多ければいいというものではありません。今後は、指示された量を守るように」

「はい。ごめんなさい、ポーラさん。私、水を汲み直してきますね」

キャナリーは素直《すなお》に謝って、ポーラの手を取って立たせた。

ポーラが濡れたスカートを気にして裾《すそ》をつまんだ時、足に擦《す》り傷《きず》ができているのをキャナリーが見つける。

「よかったら、これを使ってください。とってもよく効く傷薬なんです」

「え……？」

子犬に使ったのと同じ傷薬をポケットから出すと、ポーラはちらりとメリッサを見た。

ちょうどその時、厨房係が作業を開始する鐘《かね》を鳴らしているのが窓から聞こえ、そちらにメリッサが気を取られているのを確認《かくにん》したポーラは、キャナリーに会釈《えしゃく》して傷薬を受け取る。

キャナリーはにっこり笑うと、またすたすたと井戸へ行き、難なく水がめを満たして戻ってきた。

ふん、とメリッサは腕組《うでぐ》みをして鼻を鳴らす。

「今日はキャナリーさんが加減をわからなかったせいで、朝一番のお水が遅《おそ》くなってしまいました。よく反省するように」

「はい。申し訳ありません」

「侍女の仕事の大変さは、これからですわよ！」

それからメリッサは、ジェラルドの衣類、部屋の寝具《しんぐ》の洗濯《せんたく》、靴磨《くつみが》きなど、次から次へとキャナリーに仕事を命じてきた。

もちろんどの仕事も、養母であるラミアに鍛《きた》えられ、厳しい森の中の環境《かんきょう》で育ったキャナリーにとっては、まさに朝飯前の作業だった。

ラミアは薬作りの名人だったのだが、キャナリーが物心ついた時にはすでに九十歳を超《こ》えていて、家事と力仕事の大半はキャナリーが受け持っていたのだ。

皇子の身の回りの仕事など、小鳥の世話よりずっと容易《たやす》い。

けれども、キャナリーの汲んだ水は他の侍女たちが別の陶器に入《い》れ替《か》えて、ジェラルドの洗顔に使うのだと持っていったように、ジェラルドの部屋に入ったり、直接会う仕事だけは任されなかった。

「私は部屋の外で待っていていいんですか?」

部屋の掃除《そうじ》をする時に、廊下で待っているように言われたキャナリーが尋《たず》ねると、当然です! という言葉がメリッサから返ってきた。

「あくまでも今は、試験的な採用と言ったはずです。お仕着せも支給されていないあなたは、まだ一人前の侍女としては認められていないのです。城の外に所属している者が、尊い皇子のお部屋に入るなど、無礼千万《ぶれいせんばん》。勘違いをしないように。あなたはこの桶《おけ》を持っていてください」

それくらい慎重《しんちょう》に、周囲の人間を吟味《ぎんみ》するということは、決して悪いことではないとキャナリーは思う。

(ジェラルドが、すごく大切にされているってことだものね。でも……)

ほとんど誰も通らない、広大な城の長い廊下の一角で、掃除用の桶を持たされ神妙《しんみょう》な顔で立っているキャナリーは、難しい顔で考えた。

(うーん。もしも『あれ』が見つかったら……大変なことになりそうね)

隠《かく》し事《ごと》の苦手なキャナリーだったが、こればかりは秘密にしようと心に決める。

それは侍女になることを決め、説明を受けるためにジェラルドと別れる際、こっそりと託《たく》されたものについてだった。

日が暮れて、侍女たち全員で食事を終えると、その日はそれで解散となる。

今日からはキャナリーも、侍女用の控室で食事をとることになっていた。

キャナリーの、仕事を終えても元気いっぱいな様子と、いつもと変わらない豪快《ごうかい》な食べっぷりに、侍女たちは驚いた様子だった。

メリッサも仕事に関しては、キャナリーを認めてくれたらしい。

「どうやら、人並みに働くことはできるようですけれど。何しろ、まだ初日です。明日からは、もっと大変になると覚悟《かくご》しておきなさい」

はいっ！　と返事をしたキャナリーが、薄暗い石造りの部屋に戻ったその時。

ベッドに置いておいたハンドバッグが、ぼんやりと光を放っていることに気がついた。

（ジェラルドに渡された鍵《かぎ》だわ！）

思い至って急いでバッグを開いてみると、光は一層明るく周囲を照らす。

「わあ、綺麗《きれい》！　こんなふうに光るのね！」

キャナリーが取り出したのは、不思議な青い光を放つ、石の棒だった。

それは長さも太さも男性の親指くらいのもので、透《す》き通《とお》った水色をしている。

一方の端はクローバーの形になっていて、紐《ひも》が通せるように穴が開いていた。

もう一方の端は平らで、複雑な模様が刻まれている。

『俺はきみに約束をした。ずっと一緒に食事をすると。……だけどきみが侍女という組織に組み込まれると、そう簡単にはいかなくなってしまう。だから、これを使ってくれ』

キャナリーはジェラルドの言葉を思い出しつつ、しげしげとそれを眺める。

『城の中に張《は》り巡《めぐ》らされた、皇族だけが知る秘密の通路と部屋がある。魔力が込《こ》められたその石棒が、通路と部屋を出入りできる鍵になっているんだ。きみに会いたいと俺が念じた時、光るようになっている。せめて、お茶の時間くらいは一緒に過ごそう』

「ジェラルド……」

キャナリーは手の中で発光している石棒を見つめ、そっと部屋を出た。

ひんやりと冷たい風がどこからか入ってくる薄暗い廊下を、キャナリーは息を潜《ひそ》めて歩いた。と、手にしていた石棒から廊下の壁に、光の糸がツーッと伸《の》びていく。

「ここかしら」

壁に、きらきらと石棒の一端《いったん》に描《えが》かれていたのと同じ模様が光で描かれる。

「綺麗……ジェラルドは、ここに手のひらを当てろって言ってたわね」

そのとおりにしてみると、すうっと身体《からだ》が壁を通り抜け、別の細い通路に出る。

「わあ、すごい、魔《ま》法《ほう》みたい！　っていうか、本当に魔法なのよね。ジェラルドの魔力がこの鍵に込められているんだもの」

その通路には燭台などはなかったが、床も壁も天井も、全体がぼうっと白く明るい。ヒカリゴケのような、暗がりで自然と光る植物が生えているらしい。

(なんだか、夢の中にでもいるみたいだわ)

いったいどこまで続いているのかもわからないし、上り下りの階段や、いくつもの分かれ道があるから、この通路は城全体に迷路《めいろ》のように張り巡らされているのかもしれない。

時折こちらへ進めと誘導《ゆうどう》するように、石棒から放たれる光は道を示し、キャナリーは不思議な思いにとらわれながら、幻想《げんそう》的な通路を歩いていった。

ある壁が近づくと、光の糸はそこに扉のような形を描いた。

キャナリーは思わず息を呑《の》んだが、ジェラルドに教えられたとおり、再びそこに手のひらを押し当てる。すると。

「キャナリー！　来てくれたんだね」

ぼん、と通路から押し出されるようにしてキャナリーが足を踏《ふ》み入れたそこは、あまり広くはないものの、豪華で洗練された雰囲気《ふんいき》の小部屋だった。

大きな花瓶《かびん》にどっさり生けられた花々から、優《やさ》しい香りが部屋全体に漂《ただよ》っている。

華奢《きゃしゃ》な白いテーブルと、絹張の椅子が二脚《きゃく》あるだけのその部屋に、ジェラルドが両手を広げて待っていてくれたのだが。

「ジェラルド!?　ど、どうしたの？」

「すまない、キャナリー」

ジェラルドはキャナリーに歩み寄るや否《いな》や、そっと手を取り、跪《ひざまず》いた。

そして俯《うつむ》き、床を見つめて辛《つら》そうな声で言う。

「俺はあれからずっと、きみに申し訳なくてたまらないと思っていたんだ。なぜもっと、兄上たちに抗議《こうぎ》しなかったのか。きみが魔力を失ったことは、城に入る前にわかっていたのだから、回復するまで別の土地に行くことだってできたはずだ。それなのに……聖女として扱われるべきキャナリーが侍女だなんて……考えれば考えるほど、自分の無能さに腹が立つ！」

（ジェラルドったら、私が気にもしていないことで悩《なや》んでいたのね）

キャナリーは困ってしまったが、自分のためを思ってジェラルドが、こんなふうに嘆《なげ》いてくれているのだ、ということはわかる。

「ねえ、ジェラルド。私、とっても素敵な部屋を用意してもらったのよ！」

だからキャナリーは、ジェラルドを励ますように話す。

「お仕事は楽ちんすぎるのが難点、っていうくらい簡単だったたし。何よりご飯も美味《おい》しいし、不満なんてないわ。だから、ジェラルドが自分を責めたり心配したりするようなことは、何もないのよ」

しかし、とジェラルドは一度顔を上げたが、再び俯いてしまう。

「俺は、自分が許せない！」

「じゃあ、私が許すわ」

キャナリーが明るく言うと、ジェラルドはもう一度顔を上げ、ようやくこちらの目を見てくれた。

辛そうな青い瞳《ひとみ》に、キャナリーは微笑む。

「お願いだから、そんな顔をしないで。私のためと思うなら、せっかくこうして会えたんだもの。楽しく過ごしてほしいの」

「キャナリー……」

「ねえ、ジェラルド。時間って、永遠ってわけじゃないでしょ。私、ラミアと暮らして、ずっと二人の毎日が続くと思っていたけれど……終わりが来てしまったもの。だから、こうして一緒に過ごせる貴重な時間に、そんな悲しい顔でいてほしくない。『あきらめるか前を向くか、どっちかしかないんじゃよ』ってラミアがよく言ってたわ！」

キャナリーが言うと、ジェラルドは何かに気がついたかのように大きく目を見開いた。

そしてじっとキャナリーを見つめ、力強くうなずく。

「――そうだな。わかった、キャナリー。そのとおりだ。悩んでばかりいても仕方ない。今俺にできることを探して、精一杯やってみるよ」

よかった、とキャナリーが安堵《あんど》したその時ちょうど、ドアがノックされた。

「ジェラルド様。キャナリーさん。お茶の支度《したく》ができました」

カラカラと白と金色の華奢なワゴンを押して、入ってきたのはアルヴィンだった。

「秘密のお茶会に、侍女や小姓を入室させるわけにはいきませんので、私が給仕《きゅうじ》をいたします」

「ありがとう、アルヴィン！」

ワゴンにはティーセットと、焼き菓子《がし》や、見たことのないデザートが、どっさりと乗っている。

「わああ。これが帝国のお菓子なのねえ」

キャナリーは、すう、と甘い匂《にお》いを胸いっぱいに吸い込む。

「さあ、キャナリー。俺はもう、無駄《むだ》にくよくよするのはやめた。せっかくのきみとのお茶会なんだ。楽しもう」

「そうよ、その意気よ！」

ジェラルドが笑顔《えがお》を見せてくれたことが嬉《うれ》しくて、キャナリーのほうもますます元気になってくる。

「じゃあまず、これをいただくわ」

キャナリーが手に取ったのは、ガラスの器に入った、可愛らしい三色のプディングだった。

もちろん、プディングのように見えるけれども、見た目だけで違うかもしれない。

銀のスプーンでひと匙《さじ》すくい、あーんとキャナリーは口に入れる。

「……ん。んんんん！　おいっ、しいい！」

それはキャナリーの知っているプディングとは、かなり違う味のデザートだった。

濃《こ》いミルクの風味のぷるぷるしたプディングに、ベリーのジャムと、ふわふわのホイップクリームを乗せたものだ。

「甘酸《あまず》っぱくて果肉たっぷりのジャムが、濃いミルクになんてよく合うのかしら。口に入れるとたちまちとろけて、喉《のど》を幸せが駆け抜けていく……！」

うっとりしているキャナリーに、ジェラルドは嬉しそうに言った。

「俺も子どものころから、そのミルクプディングが好きなんだ。お茶とも合うよ」

「本当……お茶も香りが強くて、美味しいわ……」

鮮やかな赤いお茶を一口啜《すす》り、はああ、とキャナリーは満足のため息をつく。

「こんなデザートが存在したのねえ。やっぱり帝国へ来てよかった！」

「そうだ、お茶を飲みながら、詳《くわ》しく話を聞こうと思っていたんだ」

ジェラルドも、アルヴィンがお茶を注いだティーカップを手に取った。

「侍女として過ごしてみて、どうだった？　食事はきちんとしたものが出たんだろうな？」

「ええ、もちろん。夕飯も、とっても美味しかったわよ」

「それならいいが……侍女たちとは、上手《うま》くやっていけそうかい？　侍女頭のメリッサは、俺が幼いころから働いてくれているんだ。とても忠実な働き者なんだが、新人には厳しいと聞いている」

「そうね、確かに厳しそうな人だと思うわ」

キャナリーは、早くも二つ目のプディングに手を伸ばす。

「でもそれは、あなたの侍女として働いていることを、誇りに思っているからだと感じたわ。真面目に仕事に取り組む人って、私は好きよ」

「きみがそう言ってくれるなら、いいんだが。……部屋の住み心地《ごこち》はどうかな。侍女たちの部屋は、それなりに調度は整っていると思う。しかしきみを住まわせるには、本来なら俺と同じかそれ以上の支度をして迎《むか》えるべきなんだ」

「うーん。……でも、侍女の中で特別扱いをしてもらうわけにいかないもの」

キャナリーはあえて、詳しい部屋の様子を話すことはやめておいた。

ジェラルドは今の調子だと、キャナリーがなんとも思っていないことまで、怒りそうだと感じたからだ。

（ジェラルドって時々、心配しすぎなところがあるのよね。とっても優しい心の持ち主だからだと思うけど、私はそんなにか弱くないのに）

「とにかく、快適よ。すべて問題ないわ。……しいて言うとしたら」

キャナリーはワゴンの上の、色とりどりのお菓子を見る。

「侍女のみんなも、同じくらい美味しいお菓子が食べられるのよね？　私だけ、こっそりジェラルドと食べていると思うと、気が引けるもの」

「きみはまったく、謙虚《けんきょ》だなあ。本当に、最初に森で出会った時と何も変わらない。俺が皇子だとわかってからも、きみはずっと同じように接してくれる」

キャナリーはきょとんとした。

「だってジェラルドが、態度を変えなくていい、って言ってくれたからよ。あなたが寛大《かんだい》だからだわ」

「いや、きみが公平で、優しい心の持ち主だからだよ」

「ジェラルドのほうが優しいわ」

「きみには負ける」

言い合っていると、アルヴィンがコホンと咳払いをする。

「お互いを好ましく思うのは素晴《すば》らしいことですが、お茶が冷めてしまいますよ」

それを聞いたジェラルドは、ふふんと不敵に笑ってみせた。

「なんだアルヴィン、羨《うらや》ましいか」

「ええ、とても。キャナリーさんのいない時にも、ずっと惚気《のろけ》を聞かされているんですから。でも私としては、ジェラルド様がお幸せそうで何よりですけれど」

(のっ……惚気って。それじゃまるで、恋人《こいびと》みたいじゃないの)

心の中でつぶやいたキャナリーは、ふいに胸がきゅっと締《し》めつけられたように感じて慌てた。

(恋人？　こいびと……恋している人。恋しい人。私と、ジェラルドが)

頭の中で、恋人、と繰《く》り返《かえ》すたびに、胸がどきどきした。

無言になってしまったキャナリーに、アルヴィンは勘違いをしたらしい。

「心配しなくて大丈夫《だいじょうぶ》ですよ、キャナリーさん。侍女たちはいつも、たっぷりと食事をとっていますし、お茶の時間だってあるのです。同じメニューではなくても、お菓子もたくさん召《め》し上がっていますから」

「あっ、そ……そうだったの！　よかった、さすがグリフィン帝国だわ！」

「これしきのことで我が国をさすがと言われて、ちょっと複雑な心境になるな」

ジェラルドは笑って、今度は透き通った宝石のようなジェリーを、キャナリーにすすめてくる。

ありがとう、と受け取ったその時、ガラスの器の脚を持ったジェラルドの指が、キャナリーの手に触れた。

(きゃ……っ)

反射的に引っ込めた手を見て、ジェラルドが不思議そうな顔になる。

「山ぶどうは嫌いだったかい、キャナリー」

「ええっ？　まっ、まさか、大好きよ！　ずっと、好き……」

「うん？　ならよかった。果実がふんだんに入っているから、食べてみるといい。アルコールを飛ばしたワインを使っているから、甘すぎなくて美味しいよ」

「え……ええ、美味しそうね」

キャナリーは受け取って。ふう、とこっそりため息をつく。

（なんだろう。ほっぺたが、ずっと熱い。前にもこんなふうになったことがあったっけ。そう、確かジェラルドと踊《おど》っていた時……。んんっ、それはそうと、これも美味しいい！）

山ぶどうのジェリーに舌鼓《したつづみ》を打ちつつ、物思いにふけるキャナリーを、アルヴィンが心配そうに見つめていたが、口に出して言うことはなかった。

「そっ、そうだわ、ジェラルド！」

ぽう、と熱くなっているキャナリーの頭の中に、ふっと浮かんだことがある。

「侍女としてのお仕事に、不満は全然ないんだけれど。ひとつ、思いついたことがあるの」

「なんだい？　仕事時間でも労働環境でも、なんでも改善するよ」

「違うの、あのね。ラミアの家から運んできた薬草の株があるでしょう？　あれをどこか裏庭の一角にでも植えることはできないかしら」

「ああ……そうか。アルヴィン、薬草は、まだ荷馬車に積んだままだったな」

言われてアルヴィンはうなずく。

「はい。乾燥《かんそう》させた薬草の袋《ふくろ》とは別に、根のついたものには水を与《あた》えていますが、球根類は鉢《はち》の中に入ったままです」

「そのままでいいものもあるけれど、いつまでも土に植えないと、駄目になってしまうものもあるの」

「きみとラミアさんが世話していた薬草だ。せっかく持ってきたのに、枯らしてしまうわけにはいかないな」

「ええ。だから私、薬草の世話がしたいのよ。侍女のお仕事も、もちろんやるわ」

「両方？　それじゃ、大変じゃないか」

全然、とキャナリーは、笑って首を左右に振る。

「侍女のお仕事は、簡単すぎるくらいだし。土や緑に触れていると、落ち着くの。それにいつかは帝国でも、薬を作りたいわ！　そうしたら、歌に癒《いや》しの力がなくても病気や怪我をしている人を、助けることができるじゃないの」

うきうきと言うキャナリーに、ジェラルドも笑顔になった。

「キャナリー。きみはやっぱり、すごい人だな」

「……すごい？　何が？」

ぽかんとしたキャナリーに、ジェラルドは続ける。

「だって聖女でなく侍女として扱われても、いつでもどこでも変わらず、生き生きと楽しそうだ」

「あら。いつでもどこでもじゃないわ。美味しいものが食べられて、ぐっすり眠るベッドがあって、薬だって作れる。それに、ジェラルドが近くにいるし」

自分でそう言ってから、キャナリーはまた自分の顔が、かあっと赤くなるのがわかる。

「えっと、だって仲良しだもの。ジェラルドがいると私、どういうわけか元気が出るの」

「キャナリー……」

ジェラルドは嬉しそうに微笑んだ。

「よし。俺もきみを見習わなくてはな！」

力強くそう言うと、ジェラルドは早速アルヴィンに、薬草園を作るように命じる。

そしてジェラルド自身はというと。

「キャナリー。俺はきみから魔力が失われた原因を、突《つ》き止《と》めてみせるよ」

意気込むジェラルドだったが、その言葉を聞いたキャナリーの表情は、ふっと曇《くも》る。

魔力の消失を気にしたことはなかったし、ジェラルドもそんなキャナリーを好きだと言ってくれていたはずだ。

それなのに、今もやはりジェラルドは、私に魔力の有無《うむ》にこだわっていると感じた。

「ねえ……もしかしてジェラルドは、魔力がないと、いや？」

とんでもない！　とジェラルドは即答《そくとう》する。

「そういうことじゃないんだ。きみは何も変わらず素晴らしい。俺は父上たちにもなんとしてでも、その素晴らしさを認めてもらいたいんだよ！」

「そ……そうなのね」

キャナリーは曖昧《あいまい》にうなずいたが、本心では納得していなかった。

（本当かしら。だったら魔力のことには触れなくたっていいはずなのに。……どうしよう。皇帝陛下やお兄さんたちに反対されて、やっぱり魔力の有無が気になるようになったんだとしたら……）

ジェラルドは、キャナリーの心の中で膨《ふく》らんでいく不安には気づかないまま、顔を引き締めて指示を出す。

「アルヴィン！　お前は帝国図書館で、『翼《つばさ》の一族』についての資料を集めてくれ」

「なるほど。もしキャナリーさんが、本当に『翼の一族』なのだとしたら、その生物学的資料があれば……魔力を失った原因が、わかるかもしれませんね」

「ああ。俺は皇族のみが閲覧《えつらん》できる書物や巻物の倉庫を探す。それに学者たちにも話を聞いて回るつもりだ」

そんなジェラルドを見ながら、キャナリーは心の中で考えていた。

（いいえ。ジェラルドは、私が庶民か聖女かで見る目を変えたりしない人のはずよ。……そうだわ、きっと私の身体に何かあったのかもって、心配してくれているのよ）

それに薬草栽培《さいばい》の許可だってもらったし、このグリフィン帝国でも自分らしく活躍《かつやく》できる場を見つけられた。

キャナリーはそう考えて、懸命《けんめい》に自分を励ましていた。

第三章　もう一人の皇子

キャナリーが侍女《じじょ》の仕事を始めてから、半月ばかりが経《た》った。

力仕事も汚《よご》れることも意に介《かい》さず、なんでもてきぱきとこなすキャナリーの働きぶりに、侍女たちの態度はかなり柔《やわ》らかいものになってきている。

侍女頭のメリッサだけが、まだ認めないと頑張《がんば》っているのだが、別に意地悪をされるというわけではない。

それにジェラルドの言いつけで、日が昇《のぼ》ってから朝食の時間までは薬草園の仕事に携《たずさ》わることを許可されているので、キャナリーはますますやる気を出して、仕事に励《はげ》んでいた。

「ねえ、キャナリーさん。薬草園のお仕事って、大変ではありませんの……？」

「ちっとも。すごく楽しいわ。もう、花壇《かだん》三つ分に株を植えたのよ」

侍女たちの午後の休憩《きゅうけい》中。

控室《ひかえしつ》で、丸いテーブルを囲んだメリッサ以外の侍女たち四人とキャナリーは、お茶とお菓子《かし》を楽しみながら、おしゃべりをしていた。

簡素な部屋ではあるが、小型の可愛《かわい》らしいシャンデリアが吊《つ》るされているし、カーテンにもクッションにも、フリルがたっぷりついている。

城のあちこちに生けられている花は、ある程度日が経つと交換《こうかん》することになっているのだが、まだ萎《しお》れていないものはこの部屋に運ばれて飾《かざ》られ、散る寸前の美しさと芳香《ほうこう》を漂《ただよ》わせていた。

この日メリッサは、新しく購入《こうにゅう》するジェラルドの寝具《しんぐ》類について、これまでの品よりさらによいものを提供したいと申し出てきた業者と、別室で長いこと話し合っていた。

監督《かんとく》役の目がないせいか、他の四人の侍女たちは、いつもより気安くキャナリーに話しかけてくる。

「私も拝見しましたわ、キャナリーさん。薬草って、あんなにたくさんの種類があるのねえ。それをどうやって、練り薬にされるのですか？」

そう尋《たず》ねてきたのはショートボブのさらさらとした髪《かみ》の男爵家《だんしゃくけ》の令嬢《れいじょう》、ポーラ。

水汲《みずく》みをしている最中に足を擦《す》りむき、キャナリーが手持ちの傷薬を与《あた》えた相手だった。すぐに痛みが引き、これまで使ったことのあるどんな傷薬より早く治った、とポーラはとても喜んでくれたのだ。

キャナリーは、薬草に興味を示してくれたことを嬉《うれ》しく感じながら答える。

「あの傷薬は薬草の新芽を摘《つ》んで乾燥《かんそう》させて、炒《い》って臼《うす》で碾《ひ》いて粉にするの。それから油を混ぜて、よーく練るのよ」

「なるほど薬草を粉末状にして、油を混ぜるのですね。メリッサさんが許してくだされば、私もお手伝いしたいのですが。あの方、キャナリーさんには厳しすぎると思うんです」

カップを口元に持っていきながら愚痴《ぐち》るポーラに、右隣《みぎどなり》に座っていた別の侍女、みつあみをしたジュリアも、そうよねえと同意する。

「でも、悪気ではないと思いますわ。これはキャナリーさんにも、知っておいていただきたいのですけれど。メリッサさんは、心底ジェラルド様に尽《つ》くしたいと、そればかり本気で考えておいでなんです。ですから、試験なしの紹介《しょうかい》でやってこられたキャナリーさんに対しては、どうしても見る目が厳しくなってしまうのでしょう」

このジュリアにも、キャナリーは先日、薬草を分け与えていた。

実家の父親の腰痛《ようつう》がひどいと言っているのを耳にして、湿布《しっぷ》にして貼《は》りつけるとよく効く薬草を渡《わた》したのだ。こちらもまた、好評だったらしい。

それに、誰《だれ》の仕事に対しても手を貸してきたせいか、いつの間にか、侍女たちはキャナリーに友好的になっていた。

キャナリーはお茶菓子の薄《うす》いバター風味のビスケットを、じっくり味わって飲み込んでから言う。

「メリッサさんは、ジェラルド……様を、大切に思ってらっしゃるのね。かなり長いこと、侍女をやっているそうだし。きっと信用も厚いのでしょうね」

尋ねると、また別の、キャナリーの正面に座っていた侍女、ポニーテールのグレンダが口を開いた。

「ええ。メリッサさんは……ここだけの話ですわよ。子爵《ししゃくけ》家のご令嬢だったのですけれど、おうちは没落《ぼつらく》寸前だったのですって。それに、お父様はご病気で、まだお小さかった弟さんもいらっしゃって、メリッサさんは十七歳の時に、もうご自分で働かなくてはならなくって、侍女の試験を受けられたそうですわ」

へええ、とキャナリーは、きつい顔立ちのメリッサを思《おも》い浮《う》かべて感心した。

「家族のために働くなんて、立派だと思うわ！」

「私たち、多かれ少なかれ、みんなそうした家の事情を抱《かか》えていますの。ところがメリッサさんが侍女になった初日に、とんでもないことが起きたのですわ」

声を潜《ひそ》め、ポーラが話し始める。

「ジェラルド様のお部屋に飾ってあったお花を、新しいものに取《と》り換《か》えようしていた時。お城に上がって間もないメリッサさんは緊張《きんちょう》しすぎて手を滑《すべ》らせ、花瓶《かびん》を割ってしまったのですって」

「ええっ。初日にいきなり？」

うんうん、と侍女たちはまるで、自分が割ってしまったかのような顔でうなずいた。

「それも他国の王家から贈《おく》られた、それひとつで小宮殿《きゅうでん》が買えるくらいの、すごく豪華《ごうか》で立派な花瓶だったのですって」

「じゃ、じゃあ、ものすごく叱《しか》られたのかしら」

まだ十七歳で、巨大《きょだい》な帝国《ていこく》の皇族の部屋で失敗をしでかしたなんて、随分《ずいぶん》と打ちひしがれたのではないかと、キャナリーは思わず心配したのだが。

違《ちが》うの、とキャナリー以外の四人は表情を明るくして、首を横に振《ふ》った。

「そこに颯爽《さっそう》と、五歳のジェラルド様が現れたのですわ！」

そしてそれぞれが身振り手振りをつけながら、演劇のようにジェラルドになりきって説明し始める。

「『皆《みな》、よく聞くがよい！　その侍女は、何も悪くない！』」

「『僕がいたずらをして、その侍女の背を軽く押したんだ。そのせいで、花瓶は壊《こわ》れてしまった！』」

「『罰《ばつ》が必要なら、僕を罰すればいい』」

「『さあ、メリッサ！　きみはもう今日の仕事は終わりにして、ゆっくりお茶でも飲みなさい』……って、ジェラルド様がメリッサさんをかばってくださったんですって！」

言い終えると四人は頰《ほお》を赤くし、うっとりした顔で天井《てんじょう》を仰《あお》ぎ見た。

「お優《やさ》しいわよねえ、ジェラルド様……！」

「私、このお話を何度もメリッサさんに聞かされましたけれど、何度聞いてもいいお話ですわ」

「想像すると、それだけでも英雄譚《えいゆうたん》のような……五歳のジェラルド様、お可愛らしいでしょうねえ。私も拝見したかったですわ。きっと神々《こうごう》しいお姿だったと思いますの」

「たった五歳で、すでに慈悲深《じひぶか》さを持っていらしたのですわ。メリッサさんが忠誠を誓《ちか》うのも、当然と感じます。私だって、ジェラルド様のためなら、なんだってして差し上げたくてよ」

（素敵《すてき》な話を聞いたわ。ジェラルドって、子どものころから思いやりのある人だったのね。侍女たちにもこんなに慕《した》われて……）

ジェラルドが褒《ほ》められていると、なんだか自分まで嬉しくなってくる。

（それにメリッサさんも、侍女頭という役職だから下の者に厳しくしているだけじゃなくって、心からジェラルドを支えようと決めているということがよくわかったわ。侍女を始めたばかりで、家族を抱えているのに失敗してしまったなんて……どれだけ心細かっただろう。そんな時にジェラルドが助けてくれて、本当によかった）

キャナリーは上機嫌《じょうきげん》で、さらにぱくぱくと焼き菓子を頰張《ほおば》りつつ、侍女たちの話を聞いていた。

「ジェラルド……様が、そんなにいい方で嬉しいわ。だって……つまり、仕えている相手が嫌《いや》な人だったら、仕事も嫌になってしまうじゃない」

「もちろんですわ。地位が上というだけの人間に忠誠を誓うなんて、絶対にお断りです！」

「私たちだって身分が低いとはいえ貴族の令嬢ですもの、誇《ほこ》りがあります。そこは大事なポイントですわよね！」

キャナリーの言葉に、熱を込《こ》めて侍女たちは同意する。

「ジェラルド様は、ご自分のことは厳しく律せられて、お酒もたしなみませんし、色事も浮いた話ひとつ聞きません」

「剣《けん》の腕前《うでまえ》も、相当なものですわよ。御前試合《ごぜんじあい》の時には……惜《お》しくも二番になりましたけれども、そんじょそこらの剣士《けんし》たちでは、束になっても敵《かな》いませんわ！」

「魔力《まりょく》も上手に使われますものね」

「帝国学問所の卒業成績も、歴代で二番目だったそうですわ。文武両道で寛大《かんだい》な人格者。素晴《すば》らしい皇子様にお仕えできて、私たちは幸せです」

侍女たちは、主人を褒め称《たた》えるのが心地《ここち》よくてたまらないらしく、どこまでも滑《なめ》らかに舌が回る。

愚痴ばかり聞くのは嫌なものだが、楽しい話ならばいつまでも聞いていたい。

キャナリーはそう思って耳を傾《かたむ》けていたが、ふと気になったことがある。

「……御前試合で二番目って言っていたけれど。それじゃあ一番は、もっとすごい剣士なんでしょうね」

すると四人は、痛いところを突《つ》かれたというように、表情をハッと強張《こわば》らせた。

「あっ、ごめんなさい！　私、余計なこと聞いちゃった？」

無神経だっただろうかとキャナリーは慌《あわ》てたが、四人は咎《とが》めようとはしなかった。

「ううん、いいのよ。知らないのですもの。途中《とちゅう》まで聞いたら、全部知りたいと思うのは当たり前ですわよね」

そう言って悔《くや》しそうな顔で話し出したのは、ポーラだった。

「一番になったのは……サイラス皇子殿下《でんか》です。でもあの方は……本当に、そればっかりの方ですから、仕方ありませんわ」

そればっかり、と語気荒く言ったポーラに、他の侍女たちはうなずく。

「そうそう、そうなのですわ。剣術《けんじゅつ》の腕はあっても、乱暴で野蛮《やばん》ですし、ジェラルド様のお兄様ではありますけれども、ちっとも似てらっしゃらない」

「剣の技量だけでは、皇子様に相応《ふさわ》しいとは言えませんわよね」

「ええ。ジェラルド様のほうが、ずっと賢《かしこ》くて人格者ですわ」

（そっか、サイラス皇子って、あの人ね……。確かに口が悪かったわ）

キャナリーの脳裏《のうり》に、赤い髪で目つきの悪い、二番目の皇子の姿が浮かんだ。

「それにあの方のお母上は、身罷《みまか》られた皇后陛下とは違うのです」

一層低く、囁《ささや》くような言葉を聞いて、キャナリーは驚《おどろ》く。

「……そうなの……？」

「はい。もともとサイラス皇子のお母上は後宮にいらして、皇帝《こうてい》のお気に入りでいらっしゃいました。皇后陛下が身罷られてからは、宮廷《きゅうてい》にも出入りするようになりましたけれど」

「明るく陽気な方ですけれども、お上品とは言いがたいですわね」

後宮、とキャナリーは、心の中で繰《く》り返《かえ》した。

ラミアに、それはそれは恐《おそ》ろしい場所じゃ、と教えられた地獄《じごく》のようなイメージが、今もキャナリーの中には植えつけられている。

（だけど、ジェラルドより年上っていうことは……まだお母様がご存命の時に、皇帝陛下は後宮に出入りして、サイラス皇子を授《さず》かったのよね）

そう考えて、キャナリーはなんとも言えない気持ちになった。

（ジェラルドって複雑な家庭の中で、皇族というプレッシャーも抱えて、真面目に頑張って生きてきたんだわ）

ますますジェラルドを好ましいと感じながら、キャナリーはもうひとつ、気になっていたことを尋ねた。

「それじゃあ、ついでに聞いてしまうけれど。帝国学問所の卒業成績が歴代の中で、一番目っていうことは……やっぱり他に一番目がいるの？」

キャナリーの問いに、また全員が気まずそうな顔になる。

「あっ、別に教えてもらえなくても、問題ないけど」

再び慌てて両手を振るキャナリーに、別にいいのよ、と今度はジュリアが答える。

「いずれどこかから耳に入ることですもの。一番は、レイモンド皇太子《こうたいし》殿下でいらっしゃるわ。でも、何しろあの方も少し変わっておられるから……読書やお勉強にはご熱心で、知識や教養には長《た》けていらっしゃるのだけれど……」

「民《たみ》や俗世《ぞくせい》のことなどには、冷徹《れいてつ》な目を向ける方ですわ。美術品の収集や、楽器の演奏にばかりかまけていて」

難しい顔でレイモンドについて話す侍女たちだったが、悪評一方のサイラスの時とは違う、微妙《びみょう》な感情を持つ者もいたようだ。

一番年少だという巻き毛のレベッカは、どこか夢見るような目をして言った。

「芸術家肌《はだ》でいらっしゃるのよねえ……。美しいものを愛されているのですわ。そんなところは見た目と相まって、素敵なお方だと思いますけれど」

まあ、とポーラが鼻息を荒《あら》くする。

「レイモンド皇太子殿下の見た目がお美しいからって、それはそれ。中身はジェラルド様のほうがずっとずっと立派ですわ！」

「レイモンド皇太子殿下のいいところは……お顔より、ジェラルド様を可愛がっていらっしゃるところだと思いますわ」

グレンダがぽつりと言うと、それですわ！　と他の侍女たちもうなずいた。

「ただし、いいところでもあり、面倒なところでもありますわね」

「面倒なところ？　どういうこと？　弟のジェラルド……様を可愛がっているのなら、いいことではないの？」

それがねえ、というようにポーラがため息をつく。

「行きすぎなのですわ。過保護すぎて、おそらくジェラルド様も困っていらっしゃると思います」

「なんでも、亡《な》き皇后陛下が、くれぐれもジェラルド様の健《すこ》やかな成長をお守りするよう、幾重《いくえ》にも懇願《こんがん》されたそうですから」

「幼いころならともかく、今のジェラルド様はご立派な成人男子ですのにねえ」

「聖獣《せいじゅう》探しの時も、すごく心配されて。忠実で優秀《ゆうしゅう》なアルヴィン様を連れていくなら、ということで、渋々納得《しぶしぶなっとく》されたとか」

そんな経緯《けいい》があったのね、とキャナリーは興味深く聞いていた。

（ジェラルドが、自分は半人前だと思われているって気にしていたのは、お兄さんたちの存在が大きいのかもしれないわね。いつも二番目で、お兄さんたちに勝てない。しかも、

必要以上に過保護にされて、守られて……それが嫌だったのかもしれないわ。私はそれも、家族の愛情ゆえだと思うのだけど)

ともかく！　とムキになったようにグレンダが言う。

「いずれにしてもすべてのバランスが取れているのは、ジェラルド様ですわ」

「そうですわ！　剣術ばっかりの乱暴者や、過保護な見た目ばっかりとは、ジェラルド様は違うのです！」

「さすがにそれは言いすぎよジュリア、不敬だわ！」

「しーっ！　思うだけならば自由ですけれど、誰かに聞かれたら大変ですわよ！」

と、ポーラが唇《くちびる》の前に人差し指を立てたのと同時に、トントンと扉《とびら》がノックされて、キャナリーは侍女たちと一緒《いっしょ》に飛び上がりそうになってしまった。

「お茶のお代わりをお持ちいたしました」

入ってきたのは小姓《こしょう》の一人で、侍女たちは胸を撫《な》で下《お》ろす。

まだ十代だと思われる小姓は、ワゴンからテーブルにポットと、新しいお茶菓子を置いた。

「こちらはジェラルド様から、追加のデザートだそうでございます」

わあ、と侍女たちから歓声《かんせい》が上がる。

小姓が下がっていき、早速《さっそく》デザートを手に取ったキャナリーは、すぐに気がついた。

（ベリーのミルクプディング。この前、ジェラルドと食べて、侍女のみんなにも食べてほしい、って言ったものだわ）

ジェラルドが気持ちを汲《く》んでくれたのだ、とわかってキャナリーは嬉しかった。

「美味《おい》しい！　上等のプディングだわ」

「侍女にまでこんなにしてくださって。私の家も没落とまではいきませんけれど、男爵家とは名ばかりで、こんな凝《こ》ったプディングはとても食べられませんでしたわ」

「こんなにお優しいジェラルド様には、いったいどんなお姫様《ひめさま》が嫁《とつ》いでらっしゃるのかしらね……」

ポーラがプディングを飲み込みながら言う。

キャナリー以外の三人は、恋《こい》の噂話《うわさばなし》が大好きらしく目を輝《かがや》かせた。

「やっぱり外国からの王女様か皇女様ではなくて？　国内に、釣《つ》り合《あ》うような貴族のご令嬢はいるにはいるけれども、お付き合いしたというお話は聞いたことがないですもの」

「ジェラルド様は舞踏会《ぶとうかい》でも、いつも退屈《たいくつ》そうにしておられますものね」

「そうなの？　踊《おど》りが上手だから、舞踏会が好きなのかと思ってたわ」

ダグラス王国の舞踏会で、ジェラルドと二人で踊ったことを思い出し、うっかり口にしたキャナリーを、四人は不思議そうに見る。

「キャナリーさんたら、まるで見たことがあるみたいに」

「ジェラルド様は庶民《しょみん》の目に入るような場で、踊ったことなどないはずですわよ？」

「そっ……そうですよね、もちろん！　あの、その、体格からして運動神経もよさそうだし、なんていうか動きが綺麗《きれい》だから、きっとダンスも好きなんじゃないかなと！」

焦《あせ》って釈明《しゃくめい》するキャナリーに、四人は苦笑《くしょう》した。

「いやだわ、キャナリーさん。ジェラルド様を見て妄想《もうそう》してらしたの？」

「気持ちはわかりますわ。私、ジェラルド様と踊る夢を見たことがありますもの！」

「あら、ポーラ。そんなことがメリッサさんのお耳に入ったら、いくら夢でも無礼です！って怒《おこ》られますわよ」

「夢に見るくらい、許していただきたいですわ。私たちに、そんなチャンスはないのですもの」

「……でも皆さん。王女でも皇女でもなくても、絶対に無理、ってことはないと思いますわよ」

重大な秘密を告げるように、年少のレベッカが言う。

「そんな立場の方が、いらっしゃるかしら？」

集中する侍女たちの視線の中、ええ、とレベッカはうなずく。

「それは……聖女様ですわ！」

厳《おごそ》かに言ったレベッカに、侍女たちはなーんだ、という顔になる。

「結局、私たちには縁《えん》がない立場ですわね」

「……あの。グリフィン帝国では、予言を告げる巫女《みこ》が聖女として誕生するんですよね？」

興味を持ってキャナリーが話を振ると、もちろんよ、と侍女たちはうなずいた。

この話は以前、ジェラルドから聞いたことがある。

自分ではまったくピンとこないのだが、ダグラス王国に滞在《たいざい》していたころ、やたらと聖女だと呼ばれていたため、関心があった。

いったい聖女とはどんな存在なのだろう、とずっと不思議に思っていたのだ。

「ジェラルド様の祖母に当たられる皇太后殿下が、確か予言の聖女でいらしたはずよ」

（皇太后殿下……ジェラルドの、おばあ様）

それを聞いたキャナリーは、精霊《せいれい》のような存在だと思っていた聖女の存在に、急に親近感を覚える。

「私、貴族でないからあまり詳《くわ》しくないんですけれど。皇太后殿下の予言って、そんなに当たっていたのかしら？」

「まあ、ご存じないの？　昔のことだから、お年を考えたら詳しくなくても仕方ないけれど、有名な話ですわよ」

「その年の秋に大嵐《おおあらし》が来るから、作物を例年より早く収穫《しゅうかく》すること。洪水《こうずい》になってセス川が氾濫《はんらん》するから、石の堤《つつみ》を強化すること。そうしたことを提言されて、予言どおりに災難は次々にやってきたのだけれど、すべて事前に準備して、被害《ひがい》を最小限に抑《おさ》えることができたのですって」

へええ、とキャナリーは感心した。

「すごいわ。予言で多くの民を救ったのね！」

「ええ。それくらいでないと、聖女様とは認められませんわ」

「でも、今の皇帝陛下の時には、聖女様は見つかりませんでしたの。だから、隣国《りんごく》から皇后陛下が嫁いでいらっしゃったのですわ。聖女の資質があるからといって、必ずしも巫女になるとは限りませんし……静かに生きていきたいなら、家族やご本人が名乗り出ない場合もあるでしょう。そうして市井《しせい》に埋《う》もれてしまうことも、ありえるそうですわ」

「むしろ、見つかることのほうが稀《まれ》だとか」

「レイモンド皇太子殿下も、ご自分の正妃《せいひ》に聖女様を望まれているという噂ですわね」

「いくらレイモンド様が望まれても、イヤだと断られることもありますわよ。聖女様に無《む》理強《りじ》いをしたり、おろそかな扱《あつか》いをしたりすると呪《のろ》われるという話も聞いたことがありますから、聖女様の意向次第《しだい》ですわね」

呪われる？　とキャナリーは眉《まゆ》をひそめる。

「聖女様って、そんな恐ろしい力を持ってるの？」

尋ねると、ポーラが深刻な顔でうなずく。

「ええ。そういう言い伝えがあるのですわ。だから聖女様を妻として迎《むか》えることができるのは、本当に稀で強運なことなのですって」

話を聞くうちに、ふっと嫌な想像がキャナリーの胸をかすめた。

（……もしも私が、その滅多《めった》に現れない聖女だったなら。そんな相手を見つけて連れてきたことで、ジェラルドはお兄さんを出《だ》し抜《ぬ》くことができるわよね……。まさか、それが私の魔力の有無《うむ》にこだわる本当の理由？　だとしたら魔力を失《な》くしたままの私には、興味がなくなるなんてことも……？）

考え込んで黙《だま》ってしまったキャナリーとは反対に、侍女たちのおしゃべりは止まらない。

ミルクプディングの器《うつわ》は、もうとっくに空になっていた。

キャナリーは嫌な考えを頭から締《し》め出そうとするかのように、別の皿に盛られた色とりどりのキャンディーに手を伸《の》ばす。

（ううん、そんなこと、絶対にあるわけないわ！　考えすぎよ。でも……ジェラルドがお兄さんたちに勝てないと悩《なや》む理由はわかった気がするわ。小さいころから比べられたり、極端《きょくたん》に過保護にされたりして、自分が一人前扱いされていないようで辛《つら》いのかも……）

そんなことを思いつつ、黙々《もくもく》とキャンディーを食べるキャナリーの様子をしげしげと、ポーラが見て言う。

「キャナリーさんって、よくお食べになりますわよねえ」

「えっ？　そうかしら」

「本当に。ほっそりされているのに、お腹《なか》のどこに入るのかと、私も思っていましたの」

キャナリーの食《く》いしん坊《ぼう》は昔からだ。

森の暮らしでは、食料は木の実やキノコ、わずかな干し肉などに限られていて、いつもお腹を空かせていたのだ。

そのうえ、歌うとさらにお腹が空いた。

侍女になってから歌う機会は今のところないが、食いしん坊なのは前と変わらない。

「だってお城のお料理もお菓子も、美味しいんだもの。お皿まで食べられそう」

正直に言うと、侍女たちは楽しそうに笑う。

「キャナリーさんたら、面白《おもしろ》い方ね」

「そ、そんなことないと思うけど……」

と、今度はノックもなく、ふいに扉が開かれる。

「あなた方！　まだお茶を飲まれていたのですか！　おしゃべりのしすぎですわよ！」

入ってくるなり叱責《しっせき》したのは、眉を吊り上げたメリッサだった。

ひゃあ、と侍女たちは縮み上がったのだが、キャナリーはにっこり笑う。

家族のために侍女になり、幼いジェラルドに助けられた話を聞いて、すっかりメリッサを見直していたのだ。

「メリッサさん！　ジェラルド様が、デザートを差し入れてくれたんです！　メリッサさんも、どうぞ食べてください！」

驚いたようにテーブルを見たメリッサの表情は、一瞬《いっしゅん》にして緩《ゆる》んだ。

「ミルクプディング……！　こ、これをジェラルド様が……？」

「はい。私たちみんな、いただきました」

「メリッサさんも、どうかゆっくり味わってくださいませ」

侍女たちが口々に言うと、メリッサはじっとプディングを見つめ、それから視線を侍女たちに移して言った。

「……私は今まで寝具業者と話し合いをしていましたので、これからお茶の時間とします。あなた方は、お靴磨《くつみが》きに取りかかりなさい」

だいぶ機嫌《きげん》が直ったらしく、その声には叱責した時の刺々《とげとげ》しさはなくなっている。

はいっ、とキャナリーを含《ふく》む侍女たちは返事をして、控室を出た。

これからメリッサは、ゆっくり一人でミルクプディングを堪能《たんのう》するのだろうな、と考えて、キャナリーはくすっと笑った。

侍女の仕事に慣れてきたキャナリーは、誰よりも早起きをして、薬草園の世話をするようになっていた。

せっせと球根を土に埋め、種を蒔《ま》き、苗《なえ》を植えて肥料を与え水まきをした結果、今では裏庭の四分の一ほどが、薬草園になっている。

ヘリオトロープ、イラクサ、スネークウッド、アキレヤ草、サルビア、バラにキャベツにクサノオウなどなど。

家庭の食卓《しょくたく》にも並ぶありふれた植物もあれば、滅多に手に入らないものや、使い方次第で毒薬になる草もある。

それらは区画ごとに木の柵《さく》で囲われて、それぞれの薬草の名前が小さな立て札に記してあった。

キャナリーは夜明け直前の裏庭で、薄明《うすあか》るくなってきた東の空を見上げて、冷たい朝の空気を深く吸う。

(気持ちいい。薬草の匂《にお》いが、かすかに混じった空気。……ラミアの家を思い出すわ)

さわさわと、草の先を風が鳴らした。

さて、と昨晩汲んでおいた水の樽《たる》を運び、端《はし》のほうから水やりを始める。

どうして今朝ではなく、昨晩汲んでおいたのかというと、何しろその日最初の汲みたての水は、ジェラルドのために使わなくてはならないというのが、メリッサの方針だったからだ。

そのため最近のキャナリーは、眠《ねむ》る前に水を汲み置きしておくことが習慣になっていた。

「はいみんな、朝ごはんよ！」

言いながらキャナリーは、色も背丈《せたけ》も様々な薬草の根元に水を撒《ま》いて歩く。

次に肥料を撒き、雑草を抜き、害虫を取り除く作業に移った。

すくすくと育っていく薬草を見るのは、とても楽しい。

（この薬草園にいると、魔法《まほう》なんか使えなくても私の居場所ができたって実感できるわ）

ふう、とキャナリーは額の汗《あせ》をぬぐい、もう使えそうな葉や実の収穫に取りかかっていたのだが。

（んん……？）

壁際《かべぎわ》の木の後ろから、ゆらりと人影《ひとかげ》が現れて、こちらに近づいてくるのが見えた。

（……こんな時間に誰かしら。いつも日が昇るまでは、庭師も他の侍女たちも、お城から出てこないのに）

収穫用の籠《かご》を持ち、そちらを注意深く見ていたキャナリーに、声がかけられる。

「——おい。何を見ている、女」

「え……私、ですか？」

キャナリーは裏庭に自分しかいないことを確認《かくにん》してから、向き直って答える。

「ええと。こんな時間に何をしているのかしら、と思って」

「何をしようが勝手だ。悪いか」

言いながら近づいてきた者の姿を見て、キャナリーは眉を寄せた。

黒い服。燃えるように赤い髪。

それは以前に会った時より、何倍も目つきの悪い、サイラス皇子だったのだ。

「いいえ、全然、悪くはないですけれど」

「けれど、なんだ。ここは俺の家だぞ。……ん？　ああ、そうか、お前」

サイラスのほうは間近まで来てようやく、キャナリーのことを思い出したようだ。

「侍女の服じゃねえし、何者だろうと思ったが、あの娘《むすめ》か。ジェラルドをたぶらかして、城に入り込んだ間諜《かんちょう》だったな」

「違います！」

キャナリーは憤慨《ふんがい》して叫《さけ》ぶ。

「私はジェラルド……様の、つまり、お友達なだけです。間諜だなんて、とんでもないです！」

「そんなもん、どうやって証明する。俺はなあ。謀《はかりごと》をする、卑怯《ひきょう》な手を使う、だます、裏切る、たぶらかす、そういう真似《まね》をするやつが大嫌《だいきら》いなんだよ！」

「そっ、そんなの私だって嫌いです！」

（なんなの、この人！）

突然《とつぜん》現れて暴言を吐《は》かれ、キャナリーは鼻白む。

（あっ、今お酒の匂いがぷーんってしたわ。酔《よ》ってるのね。それに目の下に濃《こ》いクマができて、なんだかとっても不健康そう）

顔色も悪く、心配になってしまったキャナリーだったが、サイラスはこちらの気持ちなどお構いなしだ。

「女に免疫《めんえき》のないジェラルドに、どうやって取り入ったか知らねえが。俺はお前みたいな性悪女《しょうわる》は気に食わねえ。とはいえ一方的に斬《き》り刻むのも、俺の美学に反する」

言って腰《こし》の剣を、がしゃっとこちらに放った。

「剣を取れ、女！　俺と勝負しろ」

「はっ？　はい？　勝負？」

キャナリーは唖然《あぜん》として、サイラスを見る。

サイラスは上目遣《うわめづか》いに、ジロリとキャナリーをねめつけた。

「剣を取って戦えと言ってるんだ。俺は、相手が女だろうと容赦《ようしゃ》しねえ」

「た、戦うって、なんのために？」

決まってるだろうが、とサイラスは懐《ふところ》からナイフを取り出した。

「ジェラルドは腹違《はらちが》いとはいえ、俺の弟だ。お前があいつに暗示をかけているか、裏で脅迫《きょうはく》でもして操《あやつ》ってるんだろうが！」

「まさか！　なんのために、そんなことしなきゃならないの？」

「俺の知ったことか！　自分の胸に手を当てて聞いてみろ。何を企《たくら》んでいるかもわからないような、あいつにくっついた悪い虫は、取《と》っ払《ぱら》ってやらねえとな！」

そしてナイフの刃《は》を、ビシッとキャナリーに向けた。

「この国から、害虫を排除《はいじょ》する！」

（私が害虫？　ひどい、冗談《じょうだん》じゃないわよ！）

とはいえもちろんキャナリーには、サイラスと戦う気などない。

間諜扱いされることには腹が立つが、だからといってジェラルドの兄である皇子に剣を向けるなど、ありえないことだった。

（そんなことをしたら、結局私は危険人物ってことになっちゃうじゃないの。無茶苦茶だわ、この人……）

どうやら理屈《りくつ》でどうにかなりそうな相手ではない。剣を取って戦うわけにもいかない。

キャナリーは一計を案じた。

「わ……わかりました。でも土いじりをしていたので、手は泥《どろ》だらけで滑るし、立派な剣の柄《つか》も汚してしまうと思います」

ちっ、とサイラスは舌打ちをする。

「だったら、そこの井戸で洗ってこい」

はい、とキャナリーは素直《すなお》にうなずいた。

井戸の方向に向かってゆっくりと歩き出す、と見せておいて。

「……あっ！　おい待て、女！」

「絶対にイヤ！」

キャナリーは脱兎《だっと》のごとく方向転換《てんかん》して走り出し、裏庭から続く常緑樹の木立に隠《かく》れて息を潜めた。

そっと背後の様子を窺《うかが》うと、すごい勢いでサイラスが走ってくるのが見える。

（やだ、追いかけてくる！　しつこいわねえ）

そこでキャナリーは身軽な動きで、するすると木登りを始めた。

森で暮らしていたころには、木の実を取るため、巣から落ちた小鳥を戻《もど》すため、時にはリスたちと遊ぶため、一日に何本もの木に登ったものだ。

「おおい！　どこに行った！」

サイラスはきょろきょろと辺りを見る。

だが、さすがにこんなに上までキャナリーが登っているとは思いもしないようで、こちらを一度も見ないまま、あきらめてくれたようだった。

「くそ。消えやがったか。やっぱり只者《ただもの》じゃねえな！　絶対に正体を突き止めてやる！」

捨《す》てゼリフを残して去っていく後ろ姿に、キャナリーは胸を撫で下ろした。

「困った人ねえ。私がジェラルドに悪いことを企むわけないじゃない」

太い枝に腰かけたキャナリーは、身に覚えのないことで疑われ、げんなりしてため息をついた。

ようやく太陽が昇ってくるのが目に入る。

そろそろ、ジェラルドの洗顔のための水を汲みに、他の侍女たちも外へ出てくるはずだ。

キャナリーはまだサイラスが近くにいないか、注意深く周囲を見回して、ゆっくりと地面へと降りたのだった。

サイラスに戦いを挑《いど》まれたことを、キャナリーは誰にも言わなかった。

言えなかった、というのが正解だ。

侍女たちに言っても大騒《おおさわ》ぎになるだろうし、ジェラルドに言えば兄弟喧嘩《げんか》になるかもしれない、と考えたからだ。

（方法はめちゃくちゃだけど結局はあのお兄さんも、ジェラルドを心配しているのよね。

それにあの時、サイラス皇子はお酒に酔っていたみたいだったわ。酔いがさめたら、けろっと忘れちゃうんじゃないかしら)

キャナリーとしては、それが一縷《いちる》の希望だったのだが。

「また会ったな、女！　今日こそ勝負だ！」

数日後、またしてもサイラスは日の出前の裏庭で、キャナリーに剣を取るよう迫《せま》ってきた。

(忘れてなかったのね……)

はあ、とキャナリーは肩《かた》を落とす。

「勝負なんて、するつもりはありません！」

「それなら俺様《おれさま》が、一方的に細切れにしてやる！」

おら！　と剣を振りかざして走ってきたサイラスに、キャナリーはびっくりして逃《に》げ出した。

木の切り株や大樹の根っこでデコボコしている森の中を、幼いころから動物たちと駆《か》け回《まわ》っていたキャナリーの足は速い。

リーチで勝《まさ》る体力自慢《じまん》のサイラスでも、追いかけるのは容易でなかった。

「逃げるな、卑怯者！」

「剣を持って追いかけられたら、卑怯者じゃなくても逃げます！」

キャナリーは木立の中を、くるくると逃げ回る。

「なかなか素早《すばや》いな、女！　俺様が追いつけないとは、大した脚力《きゃくりょく》の持ち主だ！」

「お褒めいただき、ありがとうございます！　だったらもう、追ってこないで！」

「それとこれとは、話が別だあ！」

でやっ！　とサイラスは剣を振り回し、その切っ先が深々と木の幹に突き刺《さ》さる。

「おっ。ちょっと待て、抜けなくなった」

「待つわけがないでしょう？」

キャナリーはスカートの裾《すそ》を持ち上げ、優雅《ゆうが》にお辞儀《じぎ》をした。

「ではこれにて、失礼いたします！」

「おい！　待て、女！　俺と戦え！」

この調子で翌日も、またその翌日も、サイラスはキャナリーに絡《から》んできた。

けれどサイラスはいつも酔っているし、森育ちで足の速いキャナリーは、簡単に逃げ切ることができていたのだが。

（……あれ？　今日はもう、追ってこない。いい加減にあきらめてくれたのかしら）

いつものように、望まない追いかけっこをしていたキャナリーは、ふいに背後からの足音が止まったことに気がついた。

そこで木の陰《かげ》にそっと潜み、背後の様子を窺ってみる。

（えっ……？）

その目に映ったのは、頭を抱えてしゃがみ込む、サイラスの姿だった。

どうやら途中で、具合が悪くなったらしい。

（どうしよう。もしかして、隙《すき》を作って私を油断させる作戦？　そうかもしれないけど、でもジェラルドのお兄さんだし、本当に体調を崩《くず》したのなら放ってはおけないわ）

キャナリーはそう考え、用心深く警戒《けいかい》しながら、片膝《かたひざ》を地面につき、片方の手で額を押さえているサイラスに、そろりそろりと近づいた。

「……あのう。もしもし。どこか痛いんですか……？」

サイラスは、ゆっくりと顔を上げ、こちらを見た。

あと五歩、というところまで近寄ってみると、目の下のクマがますます黒々として見え、やはり何かの病気ではないかと思われる。

サイラスは、しばらく痛みに耐《た》えるように目をギュッと閉じていたが、やがて治まってきたのか、ゆっくりとこちらへ顔を向けた。

「――女。俺がわざと具合が悪いように装《よそお》って、お前をおびき寄せたとは思わないのか」

「思いましたけど、逃げられない距離《きょり》ではないので」

ふうん、とサイラスは上から下までキャナリーを、まじまじと眺《なが》める。

「確かにお前の逃げ足は大したもんだ。体力頼《だの》みの考えなしだな。どうやらお前は、権謀《けんぼう》術数《じゅっすう》を使いこなすタイプじゃなさそうだ。……俺もそうだから、そういうやつは嫌いじゃない」

はあそうですか、とキャナリーは気のない返事をする。

勝手にこういうタイプだとか、そうではないようだとか決めつけられても、こちらとしては不本意でしかない。

「私なんかに絡んで追いかけ回すより、明るいうちからお酒を飲むことをやめる努力のほうが、よほどためになると思いますけど」

思わず言うと、サイラスはフンと鼻を鳴らした。

「俺様が何時から酒を飲もうが、侍女のお前に指図される謂《いわ》れはない」

「そのとおりです。でも、具合が悪そうなので」

サイラスは、何か言おうとしたが、その拍子《ひょうし》に頭が痛んだのかふいにきつく目を閉じ、耐えるようにしばらく動かずにいた。

「大丈夫《だいじょうぶ》ですか……？」

思わずキャナリーは駆け寄ろうとしたのだが、サイラスは剣を持ったままの手を、こちらに突き出して制止した。

「余計なお世話だ、あっちへ行け」

しっしっ、と手で追《お》い払《はら》うようにされて、キャナリーは肩をすくめる。

（まったく、失礼な人ね。さんざん追いかけ回しておいて、今度はあっちへ行けですって。こっちのセリフだわ。でも……本当に、悪い病気でないといいけれど）

キャナリーはそう考えながら、どこかまだ辛そうなサイラスを、じっと見守っていた。


「侍女としての暮らしはどう？　他のみんなとは上手《うま》くやれているかな」

薬草園に、すべての苗と球根を移し終えたこの日。

完成記念のお祝いにとジェラルドに招かれたキャナリーは、例の秘密の小部屋でジェラルドとお茶を飲んでいた。

けれど今のキャナリーの心には、自分が聖女でなかったら、ジェラルドは興味がないのではないか。だから魔力の消失を気にしているのではないか、という懸念《けねん》がある。

なんでも率直《そっちょく》にものを言ってきたキャナリーとしては、それを問《と》い質《ただ》したい気持ちもあるのだが、本当にそうだったらどうしようという不安から口には出せずにいた。

「……すべて順調よ。メリッサさんは相変わらず厳しいけれど、理不尽《りふじん》な言いつけはしてこないし、しっかりした人だと思うわ。他の子たちとは年も近いから、打ち解けてきたし」

「仕事でこき使われたりしていないかい？」

全然、とキャナリーは首を振る。

「ラミアに家事を仕込まれた私には、あまりにも楽な仕事ばかりで、運動不足に感じるくらいよ。薬草園の世話があるから、やっと時間を持て余さなくなったくらい」

そうか、とジェラルドはホッと息をつく。

「どうなることかと思っていたんだ。きみは俺の部屋へは出入りしないし」

「まだ、駄目《だめ》なんですって」

心の底の憂《うれ》いを隠し、キャナリーは明るい声で説明する。

「ジェラルド様の直接のお世話は、もっと仕事に慣れてから。万が一ご無礼があったら、大変なことになるんですって。そうなの？」

悪戯《いたずら》っぽく笑うキャナリーに、ジェラルドは照れた。

「そんなことはないよ。大げさなんだ、侍女たちは。俺は他の人間と変わらないのに。きみはわかっているだろう？」

もちろんよ、とキャナリーはうなずいた。

「だって鼻をつまんで、薬を飲ませたもの」

「うわあ、言われたら、あのひどい味が蘇《よみがえ》ってきたよ」

ラミアの家で、怪我《けが》をしたジェラルドに強引《ごういん》に薬を飲ませた時のことを思い出し、互《たが》いに顔を見合わせて笑った。

こうしていると何も不安のなかったころに戻れたような気がして、キャナリーは嬉しかったのだが。

「じゃあ、今のところこの城での生活に、問題はないんだね？」

ええ、とうなずいたキャナリーの脳裏に、ふっとサイラスの赤い頭が浮かぶ。

（ジェラルドのお兄さんが、剣を振り回して追いかけてくるから困ってる……なんてことは言えないわ。兄弟喧嘩になったら大変だもの。でも……）

キャナリーは、遠回しに聞いてみることにする。

「問題はないけれど、ちょっと気になっていたことがあるの。サイラス皇子殿下のことなんだけれど」

「サイラス？」

思いがけない名前に、ジェラルドは眉をひそめる。

「兄さんがどうかしたのか？」

「ううん。この前、ご挨拶《あいさつ》の時に見かけて、目の下が黒くて顔色がとても悪かったから……身体《からだ》でも壊しているのではないかと心配で」

「きみが心配なんかしてやらなくてもいいと思うが。……確かに、頭痛がして眠れない、というようなことは言っていたな」

「頭痛と不眠《ふみん》……」

確認するようにつぶやくと、ジェラルドはうなずいた。

「三年くらい前かな。西の国との境界線、アンドレアという地域で、畑の水を巡《めぐ》って諍《いさか》いがあったんだ。向こうが兵士を繰り出してきたというので、こちらも一個小隊を出すことになって……」

ええっ、とキャナリーは、両手で口元を押さえる。

「戦争があったの？」

「いや、本格的な戦闘《せんとう》ではなくて、威嚇《いかく》のためだよ」

ジェラルドは、安心させるように笑いかけた。

「そう……威嚇。それだけで済んだの？」

「ほんの少し、小競《こぜ》り合いがあったらしい。その時サイラスは初陣《ういじん》だとはりきって出撃《しゅつげき》して、こめかみに怪我を負ったんだ。怪我そのものは大したことはなかったようだが、治りが遅《おそ》かった。湿地《しっち》帯だし、雑菌《ざっきん》が多かったんだろう」

「頭痛と不眠はそれから？」

「ああ。あの地域の風土病らしい。『アンドレアの悪風』と呼ばれている。地元の者たちは免疫を持っているようだが、サイラスは違ったからね」

「お医者様には診《み》せているんでしょう？」

「もちろん、宮廷のお抱え医師たちが定期的に診察《しんさつ》して、薬も処方しているよ。しかし完治はなかなか難しいらしい。普通《ふつう》の頭痛薬や睡眠薬《すいみんやく》では効かないそうだ。どうやら不調を酒で誤魔化《ごまか》しているようだが、あれではいずれ酒で身体を壊すだろうな」

「困ったわね……」

キャナリーが腕組《うでぐ》みをして考え込むと、ジェラルドも困り顔をしつつ笑った。

「キャナリーが困ることなんてないさ。サイラスには宮廷医師団がついているし、薬師もいる。身体も鍛《きた》えているし、まだ若い。いずれは治るよ」

「え、ええ、そうよね」

（そうか。頭痛や不眠のイライラもあって、私に絡んできたのかもしれないわね）

そんなことを考えていると、ジェラルドが少しだけ不服そうに言った。

「キャナリー。あまりいつまでも、他の男のことを考えていてほしくないんだが」

「だけど、お兄さんの身体のことじゃないの」

「それはそうだが……向こうは俺のことを半人前としか見ていないし、見下しているからな」

「そんなことはないと思うわ」

表情を曇《くも》らせるジェラルドに、キャナリーは思わず言う。

「きっと弟のことが兄として心配なんだと思うの。家族ですもの、あなたのことが大事だから、耳に痛いことも言うんじゃないかしら」

「耳に痛い？　どういうことだ？」

ジェラルドの顔色が、さっと変わった。

鋭《するど》い目の光に思わずキャナリーは、びくっとなる。

「キャナリーも、俺より兄上たちのほうが正しいと思うのか？　俺はまだ未熟で、あの二人より劣《おと》っていると」

想像もしていなかったことを言われ、キャナリーは驚いてしまった。

「誰もそんなこと、言っていないじゃないの。あなたたち三人は兄弟とはいっても、それぞれ全然別の人格なんだから、正しいと思うことが違うのかもしれない。でも結局はジェラルドのためを思って言っているんじゃないかな、って」

「……キャナリー。こればかりは、きみにはわからないよ。心配されるということは、信用されていないということでもある。俺にとって、それは屈辱《くつじょく》的なことなんだ」

険しい顔のジェラルドに、キャナリーもついムキになってしまう。

「そうね、わからないと思うわ。だって私には、家族と呼べるただ一人のラミアも、今はもういないんだもの」

ジェラルドは、ハッとした顔になる。

「……悪かった。そういう意味じゃない」

キャナリーもジェラルドの不機嫌《ふきげん》につられたように、ぶっきらぼうに言う。

「じゃあ、どういう意味なの？　お兄さんたちが家族であるあなたの身を案じるのは、当たり前のことでしょう？」

ジェラルドは、やるせないという顔で首を振る。

「しかし俺は、自分のことは自分で決めたい。親や兄上たちの言いなりなんてまっぴらだ。一人前の男として認めてほしいと思うのも、当たり前だろう？」

「でも、お兄さんたちの気持ちも考えるべきじゃない？」

「きみを貶《おとし》めた連中の気持ちをか？」

吐き捨てるようにジェラルドは言い、席を立つ。

「俺は考えたくもない」

「ジェラルド……」

「……今夜はもう遅い。お茶会は終わりにしよう」

自分に背を向け、ドアのほうへ歩いていくジェラルドを、キャナリーはひどく悲しい気持ちで見送るしかなかった。


(……この巻物も違う……苦労してルーン文字を解読してみたが、翼《つばさ》の一族についての記《き》載《さい》はない。書かれているのは、竜《りゅう》の一族についてだけだった)

このところジェラルドは、公務以外の時間を皇族の資料館と、書庫で過ごすことが多い。

今日滞在しているのは資料館で、ドーム型の屋根のついた、貴族の館ほどもある大きさの建物の中は、どこか甘いような古い紙の匂いが漂っている。

天井の色ガラスから差し込む青や赤の日差しの中には、きらきらと埃《ほこり》が漂っていた。

ジェラルドは頑丈《がんじょう》な脚立《きゃたつ》に座り、手にしていた巻物をくるくると元に戻し、片づける。

そして、また次の紙束に手を伸ばしたその時、カツカツという足音が聞こえてきてハッとした。

資料館の出入り口には門番と管理人がいて、たとえ貴族であっても、誰でも簡単には入ってこられないはずなのだ。

けれどその姿を見て、ジェラルドは納得する。

「よう、ジェラルド！　お前また、こんな陰気《いんき》な場所にいたのか」

「……サイラス兄さん。何か用事でも？」

サイラスは、ジェラルドが何をしているのか探《さぐ》るように、こちらをジロジロ眺める。

「まあな。埃くさい資料館で、いつまでも何をごちゃごちゃやってるんだ。誰かの先祖のスキャンダルか春画でも探してるのか？」

「そんなものに興味はない。兄さんじゃあるまいし」

「俺様は、まっとうな男児だからな。女にも色事にも興味はある。そこで、興味のないふりをしているお前に相談なんだが」

「俺は心に決めた相手以外に、興味がないだけだ。……相談？」

嫌な予感がして顔をしかめると、サイラスは色の悪い唇を、皮肉そうに吊り上げた。

「お前の連れてきた、妙《みょう》な女。俺の侍女にしてやる。よこせ」

なに、とジェラルドは顔色を変えた。

「キャナリーの話か？　だとしたら、冗談じゃない」

ジェラルドにしてみれば、妙な女、などとキャナリーを評されるだけでも充分《じゅうぶん》に怒る理由になる。

書類を仕舞《しま》って脚立を降り、ずかずかとサイラスに歩み寄った。

「なんの思惑《おもわく》があってのことか知らないが、絶対にそんなことはさせない！」

腹立ちを抑えきれないジェラルドに、サイラスは眉間《みけん》にしわを寄せ、苛立《いらだ》った声で言う。

「あの女は、あれだ。即座《そくざ》に叩《たた》き斬るほど、悪いやつとは思わねえ。だが、何を考えているのか、もうひとつはっきりしない。だから、とりあえず俺が預かってやると言ってるんだ」

「キャナリーが何を考えているのか、俺にはよくわかっている」

ジェラルドは真正面から、腹違いの兄を睨《にら》んだ。

「今のキャナリーは、帝国で薬草を育てることに生きがいを感じているんだ。彼女はいつもまっすぐで、前向きで……」

「ああもう、わかったわかった。素晴らしい女性なんだろ、お前にとっては」

面倒《めんどう》くさそうに、サイラスはジェラルドの言葉を遮《さえぎ》る。

「何も、ずっとお前から引《ひ》き離《はな》そうってわけじゃねえ。無害か有害か、正体が判明するままでの間だ」

埒《らち》が明かない、とジェラルドは首を振った。

「ダグラス王国で俺はキャナリーに助けられ、俺が寝《ね》ている間も献身《けんしん》的に看病してもらった。俺に危害を加えるつもりなら、とっくにそうしているはずじゃないか」

「あのなあ。危害を加えるのが目的とは、限らねえだろうが。お前はそういうとこが、甘ちゃんなんだよ」

呆《あき》れたように言って、サイラスはさらに表情を険しくする。

「たとえばだ。お前から、帝国の情報を聞き出す。お前の権力、お前の財産、お前に与えてもらう高い地位、そういうものが目当てってこともある」

「キャナリーはそんな女性じゃない！」

サイラスの言うことにも一理ある。

実際、そういうもののために言い寄ってくる異性は、レイモンドにもサイラスにもいるのだろう。

だがジェラルドにしてみれば、キャナリーのことをまったく知らないサイラスが、何を見当外れのことを言っているのか、としか思えない。

頑《がん》として意見を変える気のないジェラルドに、サイラスはチッと舌打ちをした。

「口で言って駄目なら、強硬《きょうこう》手段に出るまでだ。あの女をひっ捕《と》らえて、俺の私邸《してい》で下働きとしてこき使ってやる。いいな」

「……絶対に駄目だ。そんなことは、俺が許さない」

どうやらサイラスは本気で、キャナリーを自分の侍女にするつもりらしい。

大抵《たいてい》のことならば、まあいいと寛容《かんよう》に了承《りょうしょう》するか、知ったことではないと流すのがジェラルドなのだが、ことキャナリーに関しては違う。

「キャナリーは俺の剣の主《あるじ》。誰よりも大事な人だ」

「ああ、そうかよ！」

苛立ちが限界に達した、とばかりにサイラスは怒鳴《どな》った。

「だったら剣を取れ、ジェラルド！　決闘《けっとう》だ！」

「いいだろう」

即座にジェラルドは受けて立った。

以前はこれほどではなかったのだが、最近のサイラスは昼から酒の匂いをさせている。

このまま放っておいて、キャナリーに危害が及《およ》んではたまらない、と感じたのだ。

「よし、外へ出ろ、ジェラルド！」

サイラスは喚《わめ》いて資料館を出ると、その門前の広い場所で、すらりと剣を鞘《さや》から抜いた。そして軽く柔軟《じゅうなん》運動でもするかのように、ぶんぶんと剣を振り回してから、刃先《はさき》をジェラルドに向けた。

ジェラルドは、クマの出ているサイラスの目をじっと見つめたまま正面に立ち、ためらいなく自分も剣を抜く。

互いの剣には魔力が込められ、サイラスの剣はぼうっと不気味に黒く、ジェラルドの剣は眩《まぶ》しい水色の光の膜《まく》を帯びた。

「本気でやるつもりか、ジェラルド」

サイラスは、低い声でつぶやく。

「自分が負けるとわかっているだろう？　ガキのころから、剣技《けんぎ》は俺のほうが上だった。十回やれば六回は俺が勝つ」

「決闘は、一回勝てば充分だ」

ジェラルドは、まったく臆《おく》さず言った。

「兄さんが負けたら、二度とキャナリーの処遇《しょぐう》について、口を出さないでもらいたい！」

「言ったな、ジェラルド！　後で泣いても、お兄ちゃんは許してやらねえからな！」

望むところだ、と改めて互いに剣を構え、向き合ったその時。

「二人とも、何をしている！」

ビン、と腹に響《ひび》く声で一喝《いっかつ》されて、ジェラルドもサイラスも動きを止めた。

「――兄上」

珍《めずら》しく慌てた様子で走ってきたのは、レイモンドだった。

その後ろには、真っ青な顔でぜいぜいと息を切らしている、資料館の門番の姿がある。

おそらく、ジェラルドとサイラスが揉《も》め始めたことにびっくりして、慌ててレイモンドに注進に走ったのだろう。

ジェラルドとサイラスの様子を一目見て、レイモンドは柳眉《りゅうび》を逆立てた。

「臣下の見ている前でバカな真似をするな！　剣を仕舞え、二人とも！」

「けどレイモンド兄上、こいつが……」

不服そうなサイラスを、レイモンドは思い切り睨んだ。

「うるさい！　サイラス、どうせ事の発端《ほったん》は貴様だろうが！　聡明《そうめい》なジェラルドは、自らこんな愚《おろ》かな真似はしない！」

サイラスに怒鳴りつけておいて、レイモンドはジェラルドに冷静な、しかし憤《いきどお》りを含んだ声で言う。

「ジェラルド。常日頃《つねひごろ》、皇族としての自覚を持っているはずのお前が、なぜサイラスの挑発《ちょうはつ》になど乗った」

ジェラルドは、キャナリーを巻き込みたくなくて言葉に詰《つ》まる。だが、すぐにサイラスがその名前を口にした。

「俺はただ、ジェラルドがあんまりあのキャナリーとかいう女にこだわってるから、なんとかしてやろうと思っただけだ」

「キャナリーは何も問題など起こしていません！　サイラス兄さんが、言いがかりをつけてきたもので、つい」

レイモンドは苦虫を噛《か》み潰《つぶ》したような顔になる。

「そんなにまで、あの娘に執着《しゅうちゃく》があるのか。……まあいい。ともかく我ら皇族同士でのわだかまりは、民のためにも早いうちに解決せねば。二人とも、私の部屋へ」

言われても、サイラスもジェラルドも、まだ動こうとはしなかった。

レイモンドはそんな二人に、鋭い眼光を向ける。

「もう一度だけ言う。私の部屋へこい！」

ジェラルドとサイラスは、互いに目を見交《みか》わした、そして、長兄《ちょうけい》レイモンドが本気で激怒《げきど》した時の怖《こわ》さを知っている二人は、ようやく鞘へと剣を収めたのだった。

実のところレイモンドは、密《ひそ》かにキャナリーを監視《かんし》させていた。

侍女のレベッカには逐一《ちくいち》キャナリーの言動を報告させているし、ジェラルドの小姓の一人にもたっぷりと給金をはずみ、様子を知らせるよう言い含めてある。

ところが当てが外れたことに、キャナリーに関する怪《あや》しい話は、ひとつも浮かんでこなかった。

陰に日向《ひなた》によく働き、労を惜しまず人を助け、明るく朗《ほが》らかで侍女たちにも好かれ、悪い話がまったく出てこないのだ。

レベッカもキャナリーの悪口を言うどころか、どんどん親しくなっていく一方らしい。

唯一《ゆいいつ》、メリッサが手厳しく叱《しか》っている、という報告があったが、これは新人に対していつものことであり、キャナリーに限ったことではない。

(とはいえ、それはそれで怪しい。問題がなさすぎる。監視に気づいて、善人を演じているのかもしれん)

それがキャナリーに対して、レイモンドが下している評価だった。


話し合いのため、レイモンドの部屋に入ったサイラスとジェラルドは、神妙《しんみょう》な顔をして、テーブルを挟《はさ》んだソファの、左右それぞれ一番離れた隅《すみ》に座った。

レイモンドはその正面の、一人掛《が》けのソファに座る。

(実際、こうしてジェラルドとサイラスが、あの女を巡って対立し始めたではないか。もともとすごく仲良しの兄弟、というわけではなかったが、剣を交えようとするなど、ありえないことだ。単細胞《たんさいぼう》のサイラスはともかく、ジェラルドはそのような考えなしではない。

やはり、あの女にたぶらかされたに決まっている……。聖女どころか、我ら皇族の間に溝《みぞ》を刻む、疫病神《やくびょうがみ》ではないか）

お茶を持ってこさせて小姓を下がらせると、レイモンドは指で宙に複雑な模様を描《えが》き、万が一にも話が外へ漏《も》れないよう、結界を張った。

「……さて、ジェラルド。今回の挑発はサイラスによるものとはいえ、お前にも問題があるぞ。これは兄としての忠告だ。あの女に、執着するな」

ふう、とジェラルドは重いため息をつく。

「なぜ兄上たちは、そんなにキャナリーを厭《いと》うのか。キャナリーがどんな悪いことをしたと言うのです」

「悪いとお前が感じていない。それもまた、あの女の謀《たばか》り事ではないのか？」

「いったい、何を言いたいんですか」

困惑《こんわく》するジェラルドに、冷徹な表情と声とでレイモンドは言う。

「おかしいと思わないのか、ジェラルド。どうして森暮らしの庶民の娘が、お前に剣の誓いをさせるのか。そのようなもの、必要ないではないか。ということは、つまり……これから必要になるのかもしれぬ。秘められた、企みのために」

「なるほど、それだ！」

サイラスが、パチンと指を鳴らした。

「さすがレイモンド兄上。権謀術数が得意な人間は、同様に悪巧《わるだく》みする相手のことも知ってるってことだな！」

「お前は黙っていろ、サイラス。私は悪巧みなどしていない」

「しているではないですか。勝手にキャナリーを悪人だと決めつけて」

ジェラルドは憤って、レイモンドに食ってかかる。

「そもそも兄上は、勘違《かんちが》いをされている！　キャナリーが剣の主になったのは、俺が懇願した結果のことです！　彼女は、剣の誓いのことなどまったく知らなかった！」

ジェラルドの脳裏に、こちらが差し出した剣をおっかなびっくりわけもわからぬまま受け取って、言われたとおりに柄を額にくっつけ、慌てて返してきたキャナリーの初々《ういうい》しい姿が思い返される。

そして、キャナリーは事態を把握《はあく》しないまま、頬を染めて言ったのだ。

『それなら私も、なるべくジェラルドを守るようにするわね！　だって一方的なのって、不公平でしょ？』

あの時の無邪気《むじゃき》なキャナリーの笑顔《えがお》を思い出すと、こんなふうに兄たちが疑うことは、あまりにひどい中傷としかジェラルドには思えない。

レイモンドは勘違いに気がついたらしく、意外そうな顔になった。

「お前が望んで、剣の誓いをしたというのか……」

「そのとおりです。キャナリーは森で自由に生きることを望んでいたし、楽しんでいたようでした。俺が皇子だったことも、ダグラス王国に到着《とうちゃく》するまで知らなかった」

「なんだ、そうだったのかよ」

拍子《ひょうし》抜《ぬ》けしたようにサイラスは言うが、レイモンドはまだ納得していないようだった。

「……疑わしきは、どこまでも疑う。私には皇族を、この帝国の支配層を護る義務がある。あるいは出会いそのものが策謀《さくぼう》で、お前は少しずつ洗脳されていたのかもしれない」

「兄上。そのようにキャナリーを疑う間は、こちらも引くことはできません。兄上たちの態度が変わらない限り、俺と和解することはありえないとお考えください」

きっぱりとジェラルドが言うと、レイモンドは難しい顔になる。

そしてしばらく無言になり、何やら一人で考えに耽《ふけ》った後に、呼《よ》び鈴《りん》を手にした。

「何か御用《ごよう》でございましょうか」

顔を出した小姓に、レイモンドは告げる。

「キャナリー・フォスターを呼べ。他の侍女たちには気取られぬようにして、今すぐにだ」

「失礼します……」

レイモンド様がお呼びでございます、と小姓にそっと耳打ちされて、この部屋へと誘導《ゆうどう》されたキャナリーは、何事だろうと緊張していた。

広々とした部屋を見回すと、美術品のようなソファとテーブルのセットに、ひっきりなしに貧乏揺《びんぼうゆ》すりをしているサイラス、そしてレイモンド、唇を引き結んでいるジェラルドが、座ってこちらをじっと見ている。

（ジェラルド……）

先日言い合いをしてから、まだ仲直りをしていない。

キャナリーが見つめ返すと、ジェラルドは気まずそうに視線を逸《そ》らしてしまった。

（まだ怒ってるの？　ここに呼ばれたことと、何か関係があったらどうしよう。早く仲直りしたい。気が重くて、おかしくなりそう）

そんなことを考えて、憂鬱《ゆううつ》な顔で立ち尽くしているキャナリーに、立ち上がったレイモンドが口を開く。

「キャナリー嬢。呼び立てたのは他でもない。このジェラルドとサイラスが、現在険悪な状況《じょうきょう》になっている。なんでもその原因が、きみにあるというのでね」

「えっ、喧嘩《けんか》？　私が原因で？　嘘《うそ》でしょう、どうしてそんな……！」

悲痛な声に、ジェラルドは逸らしていた視線をキャナリーに向けた。

「いや、違うんだ、厳密にはきみのせいじゃない。……サイラス兄さんが、キャナリーを自分の侍女にしたいなんて、勝手なことを言い出したからだよ」

　自分のせいで誰かと決闘などしたら、キャナリー自身が剣を取って決闘する、と言っていたことを思い出したのか、ジェラルドは慌てて釈明する。

　そんなジェラルドを横目で見つつ、サイラスは言った。

「まあ、あれだ。ジェラルドの話を聞く限り、やっぱりお前は悪女ってタイプじゃねえとは思う。ただ……俺たちの立場ってのは……そう簡単に、身元のはっきりしない人間を信用できねえんだよ」

　話すうちにまた頭痛でもしてきたのか、サイラスは額を押さえた。

　それから、うう、と短く唸《うな》って、舌打ちをする。

「ああ、クソ。酒を運ばせろ。茶なんかいらねえ」

「待ってください！」

　呼び鈴に手を伸ばそうとしたサイラスに、キャナリーが一歩前へ進み出て言った。

「サイラス殿下。実は、何度かお会いするうちに思っていたのですが。私の薬を、試《ため》しに飲んでみていただけませんか？」

「なんだと？　お前の薬？」

「何度か会った？　どういうことだ、キャナリー！」

　またしてもジェラルドとサイラスがいきり立ったが、キャナリーは淡々《たんたん》と続けた。

「私はダグラス王国近くの森で、薬草を煎《せん》じて商売していたんです。サイラス殿下の症《しょう》状《じょう》ととてもよく似た病が、ダグラス王国の湖近くの湿地帯でも見受けられました。『クイル虫の病』と呼ばれていたんですけれど、その病にとても効果のある薬草を、今も所持しているんです」

「――悪いが、サイラスには宮廷医師団がついている」

レイモンドが、冷たい声で拒絶《きょぜつ》した。

「皇族に得体の知れない薬草など、飲ませられるはずがない」

ジェラルドが、キッとレイモンドの顔を見る。

「キャナリーの薬は、本当によく効くんです！　疑うなら、ダグラス王国まで使いを出して、調べさせればいい」

「だから言っているだろうが。この女は、信用できんと」

「いつまでもそんなことを言っていたら、きりがないじゃないですか！」

「きりなどない！　終わった話をお前が蒸《む》し返しているだけだ！」

（ああ……また兄弟喧嘩が始まっちゃったわ）

途方《とほう》に暮れるキャナリーだったが、その時ゆらりとふらつきながら、サイラスが立ち上がった。

そしてゆっくりと、キャナリーに近づいてくる。

「……女。その薬は、本当に効果があるのか」

キャナリーは、きっぱりとうなずいて、懐から調合したばかりの丸薬を取り出した。

「あります！　その目の下のクマ、顔色、頭痛と不眠を伴《ともな》う症状……。それにおそらく、ひどくだるいのでは。もしかしたら、最近になって指先が痺《しび》れることはありませんか？」

キャナリーの問いに、サイラスは不思議そうな顔をした。

「ある。なぜわかった」

「それも朝、目が覚めた時に一番症状が重くて、お昼には落ち着くでしょう」

「そうだ、そのとおりだ！」

サイラスは意気込んで答えたが、その拍子にまた頭が痛んだらしく、うう、と唸ってしゃがみ込んだ。

「大丈夫ですか？　もしかして、日に日に悪化しているのでは？」

「……それも当たっている。頭痛もだが、何より眠れないのが辛い。疲《つか》れ果《は》て、身体はだるくてたまらないのに、もう何週間も熟睡《じゅくすい》できていない」

「やっぱり……『クイル虫の病』と同じだわ。湿地帯に共通した病なのかもしれないわね」

キャナリーが言うと、辛そうにサイラスは、しゃがんだまま手を伸ばしてくる。

「頼む。その、薬とやらを飲ませてくれ」

「サイラス！　迂闊《うかつ》なことを言うな！」

　レイモンドが叫んだが、サイラスは気に留《と》めなかった。

「うるさい！　あんたには、俺の苦しさがわからないんだ。……それに、ジェラルドが信じる女だ。俺も信じてやってもいい」

「辛いのはわかったが、しかし……」

　レイモンドが言葉を詰まらせているのを見計らい、サイラスはキャナリーの手から薬をひったくり、ごくっと飲んでしまった。

「あっ！」

「なっ⁉　今すぐ宮廷医師団を呼べ！　ああ……とんでもないことになってしまった」

　レイモンドは急いで呼び鈴を手にして振り、小姓に医師団を即座に呼ぶよう申しつけた。

　宮廷医師らは緊急《きんきゅう》事態に、額に汗を浮かべながら部屋へ飛び込んでくる。

　医師の大半は、随分と年を取っていて、髪も髭《ひげ》も真っ白だ。

　中でも一番偉《えら》い立場なのか、立派な帽子《ぼうし》をかぶって赤いマントをつけた男が、恐れながらと話し出す。

「サイラス皇子殿下のご病状におかれましては、最初の診たてどおり、『アンドレアの悪風』だと思われます。あの病には、残念ながら特効薬はなく……滋養《じよう》のあるものをたんと食べ、規則正しい生活を送って、よくお休みになる。そうして、共に生きていくしかない病ですのに……」

別の長い口髭《くちひげ》をたくわえた医師がまくしたてる。

「そうです！　簡単に治るご病気ではないのです。現在、大司祭にご祈祷《きとう》も頼んでおります。いつかは女神《めがみ》イズーナに、完治の祈《いの》りが届くのではないかと」

「焦らず時間をかけ、ゆっくりと養生されれば、あるいは全快されることもなきにしもあらずですのに。庶民の作った、得体の知れぬ薬を飲んでしまわれるとは……！」

医師団は頭を振って嘆《なげ》き始める。

聞いていたキャナリーは、サイラスが気の毒になってきた。

（いつかは、あるいは……なきにしもあらず。それを簡単に言うと、治るかもしれないけど治らないかもしれない。つまり、どうなるかわからないってことよね。それも長い時間をかけて……）

呆れたキャナリーだったが、誰よりも憤っていたのは、むろん当のサイラスだった。

「頼《たよ》りにならねえにも、ほどがあるだろうが！　それなのに、文句ばっかりたれやがって……！」

吐き出すように言うと、レイモンドが額に青筋を立てる。

「だからといって、毒見もさせないとは！　お前も皇子の自覚が足りないぞ！　何か起こったらどうするつもりだ」

ざわつくレイモンドと医師団を横目に、サイラスは椅子《いす》に身体を投げ出して座り、しばらくじっと目を閉じていた。

キャナリーはふと、自分を見つめているジェラルドの視線に気がつく。

先日のお茶会は気まずいまま終わってしまったが、その青い瞳《ひとみ》は信じている、と言いたげにこちらをじっと見つめている。

キャナリーは力強くうなずいた。

「特効薬なので、頭痛は間もなく治まると思います。とはいえ、今すぐというほど早くはありません。ですからどうか皆さん、それまでお茶でも召《め》し上がってくださいな」

キャナリーが言うと、まだ半信半疑の様子の医師団とレイモンドは複雑な表情で、運ばれてきたお茶を口にした。

「キャナリー嬢。きみはサイラスの具合が落ち着くまで、この部屋を出ることはまかりならん。場合によっては捕らえ、処罰《しょばつ》を受けさせせねばならない」

威圧《いあつ》的な物言いにも、キャナリーは動じなかった。

「はい。サイラス殿下のお身体に障《さわ》りがあったら、その時には逃げも隠れもせず、罰を受けます」

レイモンドは相変わらず、不信に満ちた目をキャナリーに向ける。

「傲岸不遜《ごうがんふそん》な娘だ。もしもサイラスの具合が悪くなったりしたら、どうなるかわかっているのだろうな」

「わかっています。それに、ご心配なら、私も同じ薬を飲みますよ」

「兄上。疑い深いにもほどがある。キャナリーはダグラス王国で、俺の命を二回も救ってくれたと言ったではありませんか。信用しない理由が見当たりません」

しかしレイモンドは、聞こえないというようにそっぽを向く。

ジェラルドは怒《いか》りを通《とお》り越《こ》して呆れたように、ため息をついた。

サイラスは額を両手で覆《おお》って、まだじっと動かずにいる。

医師団はキャナリーの薬についてあれこれと推測しつつ、治るはずがないと怒ったり、困惑した顔をしている。

そしてそれぞれのティーカップが、空になったころ。

「――おい。……女」

サイラスはようやく顔を上げ、ワゴンの隣《となり》に立ったままのキャナリーに言った。

「はい？　どんな具合ですか？」

キャナリーが首を傾《かし》げると、あれだけ目つきの悪かったサイラスの表情に、晴れ晴れとした笑みが浮かんだ。そして。

「驚いた。頭痛が消えたぞ！　こいつはすごい！」

サイラスは言って立ち上がり、上機嫌で医師団とレイモンド、そしてジェラルドとキャナリーを見回した。

「まったくどこも痛くない！　なんだか悪い夢から覚めたみたいだ。頭がすっきりして、身体が軽くて……それに、腹が減った！」

そう言うとサイラスは、楽しそうに笑った。

おお、と医師団は驚きざわめく。

「ほ、本当に、ご気分がよろしくなったのですか？」

「どうかご診察をさせてください。こんなに早く効果が表れるなど、信じられません」

「なんだと？　俺を信じられねえってのか？」

とんでもない、と医師団は恐れ入ったが、サイラスは怒っているわけではないようで、その口調は陽気だ。

「すごい薬だ、助かった！　礼を言うぜ、女。……確か、キャナリーだったか」

「ええ、そうです。やっと名前を呼んでくれたのね」

サイラスは立ち上がると、キャナリーの前に歩み出て、手を差し出した。

キャナリーはその手を取り、握手《あくしゅ》に応じる。

「よかった……。どんどん顔色もよくなってきてるわ。でも、今は効果が出た第一歩というだけで、完治したわけではありません。まだ一カ月の間は、毎日朝晩、このお薬を飲んでください。治りきらない途中でお薬を止めると、ぶり返すこともあるんです」

「ありがたい。あんたがいるなら、医師団も必要ねえな」

サイラスが皮肉そうに笑って言うと、医師団は震《ふる》え上がった。

そして、一斉《いっせい》にキャナリーに詰め寄る。

「ど、どんな薬草を使ったのか、教えてほしい」

「我々の知る限り、現在流通している薬草で『アンドレアの悪風』を治療《ちりょう》できるものなどないはずだ！」

迫ってくる医師団に若干《じゃっかん》及び腰《ごし》になりながら、キャナリーは説明した。

「ええとですね。……シルバー・カモミムラという花をメインに使っています。葉と花弁を煎じたものを、黒羽蜂《くろばねばち》の蜜《みつ》と混ぜて丸薬にします」

「シルバー・カモミムラ……？　ただのカモミムラなら知っているが」

「それに黒羽蜂の蜜に薬効があるなど、聞いたことがないぞ」

「ある種の薬草と黒羽蜂の蜜は、とっても相性《あいしょう》がよくて効果を引き出すってラミア……私の育ての親の、薬師が言ってました」

「そんな薬があるものか」

「適当なことを言っているのではないだろうな」

ほとんどの医師は、完全に疑っているようだったが、中には違う者もいた。

「待て！　わしは聞いたことがあるぞ。銀色の、カモミムラ……」

「わしも知っておる」

一番長い、真っ白な髭を生やした魔法使《まほうつか》いのような容姿の医師が口を開く。

医師団の最年長なのか、他の者たちは黙って次の言葉を待った。

「娘さん。その花は、銀色の花弁をつけておるか？」

はい、とキャナリーはうなずいた。

「どこにでも生えているものではないと思います。ラミアが種から育てました。花が咲《さ》くと、銀色に透《す》き通った花弁が、とても綺麗なんです。普通のカモミムラとは全然違って、大きな花で茎《くき》も太くて……摘んで煎じてしまうのが、もったいないくらい」

話を聞くうちに重鎮の一人の医師の瞳が、きらきらと光り出す。

「で、では、香りはするか？」

「いいえ。それが残念なことに、香りは全然しないんです。咲いてから散ってしまうのもあっという間で。だから切り花にして飾ったりするのには、向いていません」

キャナリーが言い終えると、重鎮の一人の医師は呆然《ぼうぜん》とした顔でつぶやいた。

「それは……まさしく、銀輪無香菊《ぎんりんむこうぎく》……！」

その言葉を耳にした別の医師が、驚いた顔をする。

「銀輪無香菊？　そっ、それは」

「伝説の薬草ではありませぬか！　効能は多岐《たき》にわたり、難しい感染症《かんせんしょう》や厄介《やっかい》な後遺症《こういしょう》に、たちまち顕著《けんちょ》な効果を示すという」

「栽培《さいばい》には、大変な手間がかかるはずだ。種もなかなか収穫できん。だから伝説の、幻《まぼろし》の薬草と言われて久しく、若い医師などは名前すら知らぬだろう」

「お願いだ、どうか、見せてくだされ！」

ええ、とキャナリーは快諾《かいだく》した。

「苗木《なえぎ》で持ってきて、薬草園に植えてありますから。……あのう」

キャナリーは、まだ何か不服なのかむっつりと黙り込んでいるレイモンドに尋ねる。

「部屋を出たら駄目だと言ってましたけど、もういいですか？　皆さんを、薬草園に案内したいんです」

「いいに決まってる。このとおり、俺がピンピンしてるんだからな！」

笑って言ったのはサイラスだ。

「その珍しい薬草ってのを、俺も見てみたい。案内してくれ」

こうなると、一人で反対するわけにもいかないのか、レイモンドは渋々と許可をした。

「ほら、どっさり茂《しげ》っているでしょう。きっとこの辺りの土と相性がいいのよ」

キャナリーが案内した裏庭の薬草園は、こぢんまりしているがよく手入れされていて、花畑のように可愛らしかった。

「おお……こ、これはまさしく、伝説の銀輪無香菊……！　確かに、古い図鑑《ずかん》で見たものと同じだ」

「素晴らしい。夢を見ているようだ」

「実在していたとは驚きですな。それにこちらの赤い花も珍しいものだ」

「あっ、気をつけて。調合すれば薬になるけれど、葉の汁《しる》に触《ふ》れるとかぶれるものもあるんです」

肉厚の葉先に触れようとした医師の手を、キャナリーはそっと止めた。

「他にも樹液や蜜ろう、動物の脂《あぶら》を混ぜたりもしています」

ふむふむと医師たちは熱心にうなずいて、モノクルをかけ直したり、しきりと帳面に説明を書きとったり、花の図を描いたりしている。

「なんだなんだ。すっかりキャナリーが医師団の教師みてえだな。お偉い医師さんたち、よく勉強して、これからはもう少し役に立ってくれよ」

サイラスは笑って、ばんばんと医師団の背中を叩いてどやしつけた。

「サイラス。もうすっかり、調子はいいのか」

ジェラルドが声をかけると、サイラスはどこか照れくさそうに答える。

「ああ。健康、ってのはありがたいもんだな。身体がしんどかった時とは、気分も思考回路もまったく違ってくる。頭の中にかかってた、もやもやする黒い霧《きり》が晴れたみたいだ」

そしてサイラスは、先ほどキャナリーにしたように、ジェラルドに手を差し出した。

「――悪かったな、兄弟。無駄《むだ》にイラついて、お前に喧嘩をふっかけた」

「いや。俺のほうも冷静とは言いがたかった」

互いにしっかりと目を見交わして、固い握手をする。

医師たちに囲まれていたキャナリーは、そんな二人に気づいて微笑《ほほえ》む。

（よかった。仲直りしたのね……！）

ジェラルドは一件落着だと安堵《あんど》している様子だったが、サイラスは複雑な表情で言った。

「しかし、ジェラルドが言ってたような癒《いや》しの魔法を、キャナリーが本当に使えていたらな。薬を飲み続けなくてもすぐに完治するだろうし、お前が言ってたことも素直に信じることができたんだが」

「キャナリーの力は本物だ。俺は嘘などつかない。だが……」

ジェラルドが言いかけた時、近づいたキャナリーが嬉しそうに言う。

「ジェラルド！　どう、私の薬。なかなか大したものでしょ？」

「あ、ああ。さすがキャナリー、きみは立派な薬師だ」

ただ、とジェラルドは一呼吸おいて尋ねた。

「サイラス兄さんの言うことにも一理あると感じたよ。……つまりこんな時、キャナリーも癒しの魔法が使えていたらって思わなかったか？」

「……え？」

　意外なことを言われたというように、キャナリーの顔から笑みが消えた。

「でも、ジェラルド……私に魔力があったなんていうのは奇跡《きせき》だったんじゃないかしら。今はその奇跡が終わっただけ。魔力がなくたって、今までどおり私は薬草でみんなを癒していける。それが私には嬉しいのよ」

　キャナリーは、真剣《しんけん》な顔で薬草を観察している医師団と、自分が育てた薬草園を眺めながら言う。

「魔力がなくても、私は私よ。それじゃ駄目？　薬草栽培と薬作りの腕は誰にも負けない自信があるわ……！」

　難しい表情のジェラルドに、もともと率直にものを言う性格のキャナリーは、もう胸のうちを抑えきれず、これまで秘めていた不安を口にする。

「本当を言うと私、前から気になっていたの。どうしてジェラルドは、そんなに私の魔力が消えたことを気にするの？」

「えっ？」

　ずばり聞くとジェラルドの目には、明らかに動揺《どうよう》の色が浮かんだ。

「それは……だから、何か原因があるのなら、調べたほうがいいだろう？　確かにきみには、聖女と言っていいくらいの魔力が備わっていたんだ。それがいきなり消えるなんて、どう考えても不自然だ。身体だって心配になるじゃないか」

「それだけ？　私が聖女でないと、困ることでもあるんじゃないの？」

キャナリーの、自分を見つめるまっすぐな瞳に、思わずジェラルドは言葉に詰まってしまう。

「……そんなこと、あるわけないだろう」

「本当？　お兄さんたちに認めてもらえるかどうかは、関係ないのね？」

さらに問い詰めると、ジェラルドは口ごもる。

「あ、ああ、もちろん。……それに兄たちと俺のことについては、いくらキャナリーでも口を出してほしくない」

（……そんな言い方をされたら、やっぱりそうなの？　って思ってしまうわ。……ジェラルド。あなたには聖女じゃない私は、必要ないの……？）

納得のいく答えをもらえなかったキャナリーは、唇を噛み、俯《うつむ》くしかなかった。


「──こちらはまったく見つからなかった。そっちはどうだ？」

自室に戻ったジェラルドが、苛立った口調で言った相手は、大きな書き物用のデスクを挟んで正面に立つ、アルヴィンだった。

デスクの上に数冊の書物を並べ、アルヴィンは説明する。

「私が入手できたのはこれだけです。翼の一族にまつわる書物は、記録というより、神話に近いものしかありませんでした。こちらは少しだけ、言い伝えを聞いた者の話が載《の》っていますが。ほんの数行です」

「……これだけか。こっちの書物は、俺も目にしたことがある」

アルヴィンは、難しい顔をした。

「帝国図書館の管理人に話を聞いたところ、本当はもっと伝記、伝聞の書類があったはずなのですが。どうやら、十冊ばかりが消えているらしいのです」

「なんだと？　誰かが持ち出しているのか？」

「それが、貸し出した記録がないそうです。……歴史的な古文書を勝手に持ち出す行為《こうい》は、厳罰《げんばつ》に処されるというのに」

ジェラルドも眉をひそめる。

「実は俺も、皇族の資料館と書庫で入手できるだけの書物、巻物を読《よ》み漁《あさ》っているんだが。どういうわけか翼の一族についての資料がない」

ジェラルドは両方の拳《こぶし》で、ダン！　と机を叩いた。

（……キャナリーは……やはりすごい女性だ。魔力がなくとも、サイラス兄さんの病を治し、医師団に新たな知識を与え、讃《たた》えられ、帝国の中にたちまち居場所を作った。それに比べ、俺は何をしている……）

ジェラルドの脳裏に、初めて目にした悲しそうな、キャナリーの顔がよぎる。

（相変わらず兄上たちに末っ子扱いされてばかりだ。……どうすれば、俺は父上や兄上に認められ、一番になれる？　このままでは……聖女でもそうでなくても、俺はキャナリーに相応しくないんじゃないのか。それだけじゃない。思わず、口を出してほしくない、などと突き放した言い方をしてしまった。彼女は何も悪くないのに、俺が不甲斐《ふがい》ないばかりに傷つけてしまったんだ……）

焦り憤るジェラルドを気遣《きづか》うように、アルヴィンがそっと低い声で言った。

「……ジェラルド様。資料がないのには、理由があると思うのです。レイモンド様が、水面下で何やら動いている気配がありますから」

それを聞き、ジェラルドはきつく眉を寄せる。

「なるほど、そうか。……大いにありえる。サイラス兄さんの病を治癒《ちゆ》したというのに、どうしてもキャナリーを認めたくないようだしな」

レイモンドが邪魔《じゃま》をしていることへの腹立ちと、キャナリーを傷つけてしまった自己嫌《けん》悪《お》で、ジェラルドは苦悩《くのう》していた。

第四章 王女と侍女

「すごいお話を聞きましたわ、キャナリーさん!」

「小姓《こしょう》たちの間でも、大変な噂《うわさ》になっておりますわよ」

サイラスの頭痛を治し、宮廷《きゅうてい》医師団を薬草園に案内したその日。

ひととおりの仕事が終わり、遅《おそ》い夕飯を食べるために控室《ひかえしつ》に集まった侍女《じじょ》たちは、それまで仕事中だからと我慢《がまん》していたのを爆発《ばくはつ》させるように、一斉《いっせい》にキャナリーに詰《つ》め寄ってきた。

「ま、待って、何、どうしたの」

事態が呑《の》み込めず焦《あせ》るキャナリーに、ポーラが夢中で言う。

「とぼけないでお話を聞かせてほしいですわ。サイラス様のご病気を察して、お薬を煎《せん》じたら、たちまち治ってしまったのでしょう?」

「サイラス様付きの侍女たちが、それはもう大喜びされていましたわよ」

「人が変わったように恐《おそ》ろしかったのが、すっかりもとの明るく陽気なサイラス様になられたと」

「私の友人など、嬉《うれ》しいと泣いておりましたわ」

「まあ。そんなにまで、侍女の方々も大変だったのね」

キャナリーはそれを聞き、薬作りを教えてくれたラミアに、心底感謝した。

「それだけではありませんわ！」

興奮した様子でジュリアが言う。

「実は私の叔父《おじ》が、医師団で働いているのです。それで先ほど、キャナリーさんもいらした皇子殿下《でんか》たちと医師団とのお話し合いの場にも、お医者様の助手として居合わすことを許されたそうなのですけれど」

「あの中に叔父様がいたの？　どの人かしら。お年は？」

ジュリアの言葉に思わず聞いたキャナリーだったが、それどころではありませんわ！　と一蹴《いっしゅう》されてしまった。

「私の叔父の話なんて、昨日の天気の話くらいどうってもいいことです！　それより私が驚《おどろ》いたのは……ダグラス王国で、キャナリーさんがジェラルド様のお命を、二回もお救いになったということですわ！」

「――なんですって？」

侍女たちの背後から、重く低い声が響《ひび》いた。

ギクッとして振《ふ》り向《む》くと、そこにはちょうどドアを開いて入ってきた、メリッサが立っていた。

その眉間《みけん》には、深く長い溝《みぞ》ができている。

「あっ。あの……おしゃべりをして、申し訳ありません！」

侍女たちは頭を下げる。急いでキャナリーは弁明した。

「私がつまらない話をしてしまったからです！ 申し訳ありませんでした！」

キャナリーは頭を下げて謝罪すると、明日の朝の薬草用に、水を汲《く》むため部屋を出ようとしたのだが。

「お待ちなさいっ！ キャナリーさん！」

悲鳴に近い大声でメリッサは叫《さけ》び、キャナリーの腕《うで》をがしっと握《にぎ》った。

「今、少しだけ耳にした……ダグラス王国でのお話は、事実なのですかっ？」

え？ とキャナリーは、目をむいて問《と》い質《ただ》すメリッサの迫力《はくりょく》に圧倒《あっとう》され、こくこくとうなずいた。

「は、はい。そんなことも、あったかなーと」

「そっ、それはどんな状況《じょうきょう》だったのですか。事実だという証拠《しょうこ》はありますか」

メリッサの勢いにキャナリーは目を白黒させつつ答える。

「ええと、状況は、最初は確か、街道《かいどう》でジェラルド……様たちがゴーレムに襲《おそ》われた時です。それから、もう一度ゴーレムと戦わなきゃならない事態になって」

「ダグラス王国においてジェラルド様がゴーレムと遭遇《そうぐう》したことは、護衛の者から話を聞きましたが。その時にジェラルド様はお怪我《けが》をされたのですかっ！　どっ、どの程度の傷で何カ所くらいですか。お熱は出されましたか？　もう、完全に治っていらっしゃるのですよね？」

メリッサは興奮した様子で、早口でまくし立てる。

「はい、もう完全に治っているはずなので、心配しなくて大丈夫《だいじょうぶ》です」

「心配するかしないかは、私が決めますっ！」

甲高《かんだか》い声で叫ぶと、メリッサはさらに詰め寄ってくる。

「それでキャナリーさん、あなたがお命を救ったとは、どういうことですか。万が一にも、ジェラルド様を利用して自身の評価を高めたいのであれば、承知しませんよ！」

キャナリーは、メリッサの迫力に焦りながら答えた。

「証拠と言われても、えーと……そうだわ、アルヴィン……様ならだいたいのことは知っているので、確かめてもらえるといいかなと」

「本当ですわ、メリッサさん」

たじたじになっているキャナリーの言葉を引《ひ》き継《つ》ぐように、ジュリアが話し出す。

「私の叔父の役職についてはご存じですわね。その彼が先ほど医師団と共に、ジェラルド様のお言葉を耳にしております。そして確かにジェラルド様ご自身が、キャナリーさんに二回も命を救われた、とレイモンド様たちに力説されていたそうですわ」

「ジェラルド様が……力説……」

メリッサはその意味を噛《か》み締《し》めるように口を閉じ、しばらく動かずにいた。

キャナリーに腹を立てすぎてどうにかなってしまったのではないか、とこちらが心配になってきたその時。

「……キャナリーさん……！」

メリッサはふいに、キャナリーの足元の床《ゆか》に跪《ひざまず》き、頭を下げた。

「えっ、ど、どうしたんですか？」

慌《あわ》てるキャナリーに、俯《うつむ》いたままでメリッサは言う。

「あなたが、敬愛する我が主人の命の恩人だったとは……！」

メリッサは、わなわなと肩《かた》を震《ふる》わせていた。床にポタリと、涙《なみだ》が落ちる。

「私の命の恩人も同然。どれだけ感謝をしてもし尽《つ》くせない。幾重《いくえ》にもお礼を申し上げます……！」

「ええっ、ちょっ、ちょっと待ってください！　感謝なんて言われても、困ってしまいます」

うろたえるキャナリーに、なおもメリッサは繰《く》り返《かえ》した。

「もしも異国の地で、ジェラルド様に何かあったらと……想像するだけで恐ろしいことです。ジェラルド様が旅立った時、私は祈《いの》ることしかできませんでした」

「たまたま出会ったから助けただけで、要するに偶然《ぐうぜん》なんです。それはメリッサさんの祈りが通じたからかもしれないですよ」

ねっ、とキャナリーが励《はげ》ますように言うと、ようやくメリッサは顔を上げた。

その顔は、涙と鼻水でぐしゃぐしゃになっていた。

「ありがとうございます、キャナリーさん。言っておきますが、私のこの思い、この愛は、よこしまなものではございません。私にとってジェラルド様は、神様のようなものなのです。いずれご結婚《けっこん》されてお子様ができたら、そのご家族も命がけで守る所存です。けれど異国でジェラルド様が危機に陥《おちい》り、もしそのまま何かあったら、私は永遠に無力な自分を憎《にく》んだでしょう。そんな私の心をも、キャナリーさんは救ってくださったのですわ」

「メリッサさん……とにかく、もう立ってください。そんなふうにされると、私、どうしていいかわかりません」

キャナリーが差《さ》し伸《の》べた手を取り、メリッサは立ち上がった。

そして涙で濡《ぬ》れた頬《ほお》をぬぐいつつ、ふいと部屋を出ていってしまう。

どうしたのだろう、とキャナリーが侍女たちと顔を見合わせていると、間もなくメリッサは包みを持って戻《もど》ってきた。

「……キャナリーさん。どうか、受け取ってください」

「はい？　なんでしょうか」

受け取ったキャナリーが包みを開くとそこには——

「紺色《こんいろ》のワンピース！　それに、エプロン！」

それはジェラルド付きの侍女のみが着ることを許される、彼女たちの誉《ほま》れあるお仕着せだった。

「これを私が着てもいい、っていうことですか？」

「ええ。あなたのような方にこそ、ぜひ着ていただきたいのです。ジェラルド様も、お喜びになると思いますわ」

「ありがとうございます、とっても可愛《かわい》い！　早く着てみたかったの！」

キャナリーは喜んで、それを胸にぎゅっと抱《だ》いた。

「よかったですわね！　これで正式にお仲間ですわ」

「きっとキャナリーさんにお似合いになりますわ。サイズは問題ないかしら」

はしゃいでいる侍女たちの前に立ち、涙も乾《かわ》き、落ち着いた様子でメリッサが言う。

「それから、ひとつ皆《みな》さんに提案があります」

なんだろう、と侍女たちは静まった。

「キャナリーさんのお薬は、皇族方のご健康をお守りするために、必要なものだと判断しました。つまり薬草園の管理と維持《いじ》、栽培《さいばい》は、私たちにとっても大切なものです」

メリッサは初めて見せるような、優《やさ》しい笑顔《えがお》をこちらに向ける。

「ですから、私たちもそのお仕事を、率先《そっせん》して行う必要がありますわ！」

わあっと侍女たちから、明るい歓声《かんせい》が上がった。

「大賛成ですわ。私、実はすごく興味がありましたの」

「ジェラルド様に、もっと健康になっていただける薬草も作れますわよね！」

どうやら侍女たちも、薬草園の世話をしてくれるらしい。

（ああ。本当に私は、みんなに受け入れてもらえたんだわ。やっぱり魔法《まほう》なんか使えなくても、ここでやっていける！）

キャナリーは、胸にお仕着せをしっかり抱《かか》え、嬉しさに頬を赤くしていた。


「だから、やっと今日からこれを着てお仕事してるのよ。似合う？」

「ああ、とても可愛いよ。……嬉しそうだね、キャナリー」

「当たり前じゃないの！　ようやくメリッサさんにも、侍女として認めてもらえたんですもの。それに、薬草園のお仕事も、明日からはみんなも手伝ってくれるんですって」

正式にジェラルドの侍女と認められ、紺色のワンピースにエプロンをまとったキャナリーは、この日もジェラルドとの秘密のお茶会を開いていた。

最近はアルヴィンが忙《いそが》しいらしく、外出していることが多いとかで、部屋には二人きりだ。

並んで座っている長椅子《ながいす》の前のテーブルには、お茶のセットだけでなくデザートも載《の》りきれないほど並んでいる。お茶のお供は、宝石のような色合いの、甘く煮《に》たフルーツをどっさり乗せた大きなタルトだ。

キャナリーは目を輝《かがや》かせ、タルトを頬張《ほおば》りつつ事の経緯《けいい》を報告していた。

正式な侍女になったのだから、皇帝《こうてい》もジェラルドの兄たちも、キャナリーがジェラルドの傍《そば》にいることを認めてくれるだろう。

このところ、なんとなくジェラルドと気まずかったキャナリーは、明るい報告ができることを嬉しく感じていた。

(ジェラルドもこれでもう安心してくれるわよね？　慌てなくても、これからずっと侍女として仕えるんだもの。それに、いつかまた魔力《まりょく》が戻るかもしれないし)

花の香りのする、金色のお茶の入ったカップを口に運びながら、キャナリーは言う。

「友達もできて仕事も順調。帝国《ていこく》の中に、しっかり居場所ができたって感じられるわ」

「そうだな。きみはもうすっかり一人前の侍女だ。頑張《がんば》ったね、キャナリー」

「ええ。ありがとう、ジェラルド」

けれど優しく話を聞いてくれていたジェラルドの瞳《ひとみ》は、なぜか憂《うれ》いを帯びていた。

「……けどキャナリー。きみは本当にこれでいいのか？」

「――え？」

真剣《しんけん》な様子で、ジェラルドは問う。

「帝国の侍女になる。それが本当にきみの望みだったのか、考えてみてほしい」

「……ジェラルド……？」

（どういうこと？　やっぱり聖女じゃない私は、いらないってこと……？）

思わずカップを置いたキャナリーの手に、ジェラルドはそっと自分の手を重ねてきた。

至近距離《きょり》で見つめられ、キャナリーの胸は不安と緊張《きんちょう》でドキドキしてくる。

「俺がずっときみのことを、大切な人、特別な人と言ってきた意味がわかるかい？　森でラミアさんと暮らしてきたきみには、伝わりづらいかもしれないと思っていたけれど。俺は……きみと結婚したいと思っている」

「けっ……こん……？　それは、ええと」

混乱するキャナリーに、ジェラルドは微笑《ほほえ》んだ。

「権力も、高い地位も、名誉《めいよ》も宝石も、きっときみには必要ないものなんだろうね。太陽と土と、人のためになる仕事があれば、生き生きと楽しそうにしている。そんなきみだから、俺はたまらなく惹《ひ》かれるんだ」

「わ、私だって、ジェラルドは……好きよ。とても惹かれているわ。だからこうして傍にいられて、よかったって思うのよ」

「違《ちが》うんだよ、キャナリー」

ジェラルドは、キャナリーの肩を抱き寄せる。

きゅう、とキャナリーの心臓が甘く痛んだ。

どぎまぎしているキャナリーの耳元で、ジェラルドは切ない声で囁《ささや》いてくる。

「小鳥や野ウサギを大好き、って思うことと、俺がきみを好きな気持ちは違うんだ。きみは多分、それをわかっていない」

「そ、そんなこと、ないと思う……けど」

ジェラルドは小さくため息をつくと、動揺《どうよう》しているキャナリーの身体《からだ》をそっと離《はな》した。

「ごめん。キャナリーは何も悪くない。俺が勝手に焦っているだけだ」

そう言ってジェラルドは微笑んだが、どこか無理をしているように見えた。

「きみがあまりに堂々と、逆境の中で前に進んでいってしまうから。置いていかれそうな気分になってしまうんだろうな」

「……？　私はそんなことしないわ。どこまでもジェラルドにくっついて、離れないつもりだもの。そのために、一人前の侍女になれるように頑張ってきたのよ」

キャナリーは微笑み返したのだが、ジェラルドはなぜか困ったような、寂《さび》しそうな目をしていた。

(なぜかしら。最近どんどん、ジェラルドの気持ちがわからなくなっていくわ。だって私はやっと、正式にジェラルドの侍女になれたじゃないの。これからはもっと、ジェラルドに近いところで仕事ができて、一日に何度も顔を合わせられると思うわ。メリッサさんは、ベッドのお支度《したく》係や、朝と晩の洗顔係、お着替《きが》え係にも参加していいって言ってたもの)

石造りの薄暗《うすぐら》い部屋に戻ったキャナリーは、ベッドの上に仰向《あおむ》けになる。

この部屋とも、今日でお別れになる。明日からは他の侍女たちと同じように、もう少しジェラルドの部屋に近いところで寝起《ねお》きができるらしい。

(だけど……これから侍女のみんなともっと仲良くなって、距離が近くなったら……それでもジェラルドとのことは隠《かく》しておかなくちゃいけないのよね)

そう考えると、ふっと重く憂鬱《ゆううつ》な、後ろめたい気持ちがキャナリーの胸をよぎった。

(悪いことをしているわけじゃないけれど。いいことでもないはずよ。だけど、正直に話したら、ジェラルドに迷惑《めいわく》がかかってしまうでしょうし……。じゃあ、どうするの。もうジェラルドと二人きりでは会うのはやめる?)

胸の中で言葉にした途端《とたん》、ズキリとキャナリーの胸は痛んだ。

(駄目《だめ》。それはイヤ。……えっ、どうしちゃったんだろう、私)

キャナリーは胸の上で、ぎゅっと拳《こぶし》を握る。

（ジェラルドは、私と結婚したいって言ってくれたけど……本当にそんなことできるのかしら？　だって私は侍女よ。ジェラルドは皇子様。私は帝国に居場所ができて、嬉しいと喜んでいた。でも侍女の立場は……皇子様の結婚相手として相応《ふさわ》しくない）

灰色の石の天井《てんじょう》を見上げ、キャナリーは困惑《こんわく》した。

（……なんなの、この気持ち。どうしてこんなに切なくて悲しくなってくるの。ジェラルドが、聖女の私でないと興味がないのかもしれないと考えていた時もそうだったわ。恐ろしいくらい、胸の中が重苦しくなってくる。だって私は……）

キャナリーはしばらく目を閉じ、唇《くちびる》をきゅっと引き結び、胸の中でわだかまる自分の想《おも》いに耳を傾《かたむ》ける。

何かとてつもなく強い気持ちが、お腹《なか》の底から溢《あふ》れ出《だ》してくるのだが、その正体がわからないのだ。

（ジェラルドの傍にいたい。いけないって言われても、やっぱり傍にいたい。……ジェラルドは、小鳥が好きっていうのとは違うって言っていた。確かに、ジェラルドといてドキドキしてしまうような感じは、小鳥にはしないわね……。でも私は大好きな小鳥がいたらやっぱり傍にいたい、って思うわ。そのうち相手を見つけて巣を作って卵ができて、ヒナがかえるのだって見届けたいし。……え？　待って。相手を見つけて？）

そこまで考えて、キャナリーはガバッと上体を起き上がらせた。

「相手？　ジェラルドに他の結婚相手ができたら……」

ジェラルドがどこかの高貴な姫君《ひめぎみ》と結婚して、家庭を持ち、子どもを作ったら、自分はそれを侍女として喜んで見届けられるだろうか。

「違う。小鳥とは全然違うわ！」

想像したキャナリーは、ほとんど泣きそうな顔になった。

「メリッサさんは言ってたわ。ジェラルドに家族ができたら、家族ごと命がけで守るって。でも私には……そんなことできるかしら。幸せを祝福するべきなのに、絶対に無理だわ。ジェラルドが誰《だれ》かと結婚するなんて考えると、苦しくて、悲しくて、どうしようもなく辛《つら》い……。これはわがままなの？　ジェラルドが幸せなら私も嬉しいはずなのに、どうしてこんなに絶望的な気持ちになるの？」

それは、少し前までジェラルドと一緒《いっしょ》にいて感じていた、春の午後のような、楽しく心温まる感覚とは違っていた。

まるで胸の中に、重い氷の塊《かたまり》があるようだとキャナリーは思う。

「私は森育ちの、ただの庶民《しょみん》だわ。皇子のジェラルドと結婚するなんて、身分が違いすぎる。それでも傍にいられるなら、なんでもいいと思っていたのに」

先日侍女たちが話していた、ジェラルドのお相手についての噂話《うわさばなし》を、今さらながらキャナリーはまざまざと思い出して落ち込んだ。

『こんなにお優しいジェラルド様には、いったいどんなお姫様が嫁《とつ》いでらっしゃるのかしらね……』

『やっぱり外国からの王女様か皇女様ではなくて？』

さーっと頭から、血の気が引いていくようにキャナリーは感じた。

(そうなったら私、今みたいにジェラルドと楽しく話せる？　……できないわ、目を見るだけでも無理かもしれない。それに、お相手の方にも失礼に当たると思うわ。お相手……どんな人なのかしら。ジェラルドを大切にするかしら。ジェラルドもその人のことを、大切にするわよね。私よりもずっと……)

あっ、とキャナリーはその時、自分の中の重苦しい気持ちの名前に気がついた。

(嫉妬《しっと》……してるんだわ、私！　将来の、ジェラルドの相手の人に。……こんな気持ちはイヤ。イヤだと思うのに、どうにもならない。近くにいたいのに、いたくない。いるべきじゃない。でも離れたくない……。ジェラルドが好きなだけなのに、どうしてこんなに苦しいの)

理屈《りくつ》では割りきれない矛盾《むじゅん》した感情に、キャナリーは悩《なや》んだ。

深い森の緑と泉、梢《こずえ》の隙間《すきま》から見える満天の星、朝の霧《きり》と花々と川のせせらぎ。

そしてラミア、杣人《そまびと》のおじさん、可愛らしい小動物たちが、キャナリーの幼少期のすべてだった。

単純明快に、明るく元気に生きてきたキャナリーにとって、こんなふうに複雑な感情の波に呑まれ、翻弄《ほんろう》されることは初めてだ。

ダグラス王国から追放され、多くの貴族たちに白い目で見られた時だって、むしろ森に戻れてせいせいしたと思ったくらいなのだ。

(でも……ジェラルドは違ったんだわ)

ふっとキャナリーは、あまりに自分と違うジェラルドの生《お》い立《た》ちに思いを馳《は》せる。

(侍女として暮らして少しわかったけれど、お城での皇族の生活って、生まれた時からみんなに見張られていたようなものよね。きっと小さいころから、お兄さんたちと比べられてきたんだわ。三人兄弟の誰が一番かけっこが速いのか。誰が絵が上手なのか。誰が一番お父さんに褒《ほ》められるのか)

そしてジェラルドは、いつも二番だったのだろう。

考えるうちに、最近のジェラルドがなぜ苛立《いらだ》っていたのか、キャナリーにもわかってきたように思う。

(しきたりと伝統に縛《しば》られた中で、懸命《けんめい》に頑張ってきたのね、ジェラルド。メリッサさんの話を聞いても、小さいころから優しいあなたは、きっと常に人と競《きそ》うなんて嫌《いや》だったでしょう。それなのに、比《ひ》較《かく》され続けて……それを考えると……私が聖女だったらお兄さん

たちに認めてもらえる、と思ったのだとしても無理はないわ）

ジェラルドの苦悩《くのう》を想像するうちに、キャナリーの目には涙がにじんでいた。

（私だって今はほんの少し、自分が聖女だったらよかったのにと思ってしまう。魔力がなくならなかったらって……。……でも、それは間違《まちが》っているわ！）

キャナリーは、手《て》の甲《こう》で涙をぐいとぬぐう。

（魔力がなくたって、ジェラルドの傍にいたい！　でも、このままじゃ駄目。それじゃあ私……どうすればいいんだろう……）

キャナリーは石造りの静かすぎる部屋で途方《とほう》に暮れて、ほとんど眠《ねむ》れないまま、この日の夜を過ごしたのだった。


「さあさあ、皆さん！　今日は忙しくなりますわよ！」

パンパンと手を叩《たた》くのはメリッサだ。

控室に揃《そろ》った侍女たちを前にして、いつも以上にきびきびとした声で言う。

「皆さんご存じのとおり、我が主《あるじ》、ジェラルド様のおかげで帝国に聖獣《せいじゅう》が戻りました。そのため我が盟友の近隣《きんりん》国にも聖獣が再び周回するようになり、ゴーレムが出現しなくなったことを祝し、本日、本宮殿《きゅうでん》の大広間でパーティーがございます。出席されるのは、公爵家《こうしゃくけ》以上の地位の方々、そして近隣国からも高位の貴族、王族を多数お招きしております。くれぐれも粗相《そそう》のないように。いいですわね！」

はいっ、とキャナリーを含《ふく》む侍女たちは、一斉に返事をする。

キャナリーがお仕着せのワンピースを着ることを許されてから、半月ほど経《た》ったこの日。

グリフィン帝国の宮廷では、大掛《おおが》かりな舞踏会《ぶとうかい》が催《もよお》されることになっていた。

「今日はいつものお仕事は、半分ほどで切り上げます。代わりに、食器の配膳《はいぜん》とお給仕《きゅうじ》の仕事が割り振られております。配膳については、厨房《ちゅうぼう》係の指示に従うように。お給仕は各自指定されたトレイを持ち、飲み物や焼き菓子《がし》を運んでいただきます」

メリッサははりきった様子で、侍女たちの指揮をとる。

（よし、頑張らなくちゃ。くよくよするのは、暇《ひま》な時！　そうよね、ラミア）

キャナリーはまだ心の整理がついていなかったものの、与《あた》えられた仕事はきっちりこなそうと、自分に気合を入れていた。

もちろん、早朝のうちに、薬草園の手入れは終わらせている。

舞踏会が始まるのは日暮れからだったが、数日前からひっきりなしに、国外からの賓客《ひんかく》の馬車が宮廷に入ってきていた。

あいにく午後からは激しい雨が降り出していたので、従者たちは馬車止めから城内に入るまでの移動中に、高貴な人々が濡れないよう大きな雨よけを用意したり、濡れた馬たちを厩舎《きゅうしゃ》で拭《ふ》いてやったりして、大忙《おおいそが》しのようだ。

はるばるやってきた外国からの招待客の部屋の掃除《そうじ》なども、キャナリーたちの仕事になっている。

「こんなふうに国外からのお客様のおもてなしも、私たちがするの？」

メリッサの後に続いて城内を移動中、キャナリーが問うとグレンダが小声で返す。

「場合によってはね。特に、今回みたいに偉《えら》い人ばかりで、しかも人数が多い時には」

なるほど、とキャナリーは納得《なっとく》する。

城内では、今夜のパーティーの支度に追われているのか、たくさんの燭台《しょくだい》を運ぶ者、主人のものなのか大きな帽子《ぼうし》を抱えて走っていく者、壁《かべ》の大きな鏡をせっせと拭く者たちなどで活気に満ちていた。

キャナリーたちは厨房へと向かって急いで階段を下りていたのだが、その時下から上がってくる一団がいた。

メリッサはピタリと足を止め、慌てた顔でキャナリーたちに言う。

「皆さん足を止めて、跪きなさい！　それから、頭を下げて！」

えっ、とキャナリーたちは驚いたが、急いで言葉に従い、踊《おど》り場《ば》の隅《すみ》で固まるようにして膝《ひざ》をつき、頭を下げた。

(よっぽど偉い人が、階段を上ってきたのかしら)

キャナリーは俯いて、じっと大理石の床を見つめていた。

こつん、こつん、と足音がして、その視線の先にふわふわと泡《あわ》のようなレースで縁取《ふちど》りされた、若葉色の絹の靴《くつ》が目に入る。

とても華奢《きゃしゃ》な靴で、大きなエメラルドが留《と》めつけられ、一目でそれが高級なものだとわかった。

「――あら。こんなところに、虫たちがおりますわ」

頭の上から可愛らしい、けれど傲慢《ごうまん》な響きを秘めた声が降ってくる。

「ジェラルド様のお部屋は、こちらのほうだと伺《うかが》いましたけれど。虫たちがうろうろしているなんて、感心しませんわね」

(虫って……私たちのこと?)

ムッとしたキャナリーだったが、すぐ斜《なな》め前でメリッサが必死な面持《おもも》ちで頭を下げているのが見えるため、こちらも顔を上げるわけにはいかなかった。

若葉色の靴の持ち主は、まだその場を立ち去ろうとはしない。

と、別の声が言った。

「風体《ふうてい》からしておそらく、ジェラルド様付きの侍女たちではないかと」

「――侍女。ああそう」

ふーん、と面白《おもしろ》くなさそうに声は続き、ポン、と何かがキャナリーの頭に触《ふ》れた。

ひらりとその頭から、小さな葉っぱが床に落ちる。

「どれ。顔をお見せなさい」

なんなの、と眉《まゆ》を寄せて顔を上げたキャナリーの眼前に、羽根の扇《おうぎ》があった。

それを持っていたのは――

（……まあ。なんて綺麗《きれい》な人……）

そこにいたのは、目の覚めるような緑色と金色の衣装《いしょう》に身を包んだ、金髪《きんぱつ》の女性だった。

豊かな金髪は大きくカールされていて、巨大《きょだい》な黄金の巻貝が、いくつも頭に飾《かざ》りつけられているように見える。

ドレスはとてもぴったりとした細身のもので、胸から上は肌《はだ》がすべてあらわになっており、肩に透《す》ける素材のケープを羽織っていた。

細い首には幅広《はばひろ》の、宝石をちりばめた異国風の金のチョーカーが留めつけられている。

きつい瞳は靴やドレスと同じ緑色で、完璧《かんぺき》なまでに整った美貌《びぼう》をしていた。

赤い唇の両端《りょうたん》があざけるように、きゅっと吊《つ》り上《あ》がる。

「頭に葉っぱを乗せているなんて、本当に虫のよう。それにこの目。無駄《むだ》にキラキラして、見られていると落ち着きませんわ。……侍女ならば、さっさと辞《や》めていただきましょう」

（――はい？　どういうこと？）

キャナリーはきょとんとして、扇をひらひらさせる美女を見る。

美女は、もう用は済んだとばかりに、またも扇の先でキャナリーの頭を下に向けるよう、ぽんぽんと叩いた。

「帝国の宮廷には相応しくない。必要ないということですわ。……上の者に話しておきますわね」

（えっ……何を言っているの。私に侍女を辞めろってこと？）

去っていこうと階段を上る若葉色の靴を、キャナリーが呆然《ぼうぜん》と眺《なが》めていたその時。

「お待ちください！　お、恐れながら！　私はこの者たちを束ねる、侍女頭にございます！」

必死に、声を絞《しぼ》り出すように言ったのはメリッサだった。

「この侍女、キャナリーは薬草の栽培に携《たずさ》わっております。ですから何かの拍子《ひょうし》に、頭部に葉が付着したのでしょう。大変にご無礼つかまつりました。このようなことが二度とないよう、よく教育いたしますので、何卒《なにとぞ》ご容赦《ようしゃ》くださいませ！　どうかお慈悲《じひ》の心をもって、寛大《かんだい》なご処置を」

（メリッサさん……！）

自分のために一生懸命《いっしょうけんめい》に懇願《こんがん》するメリッサに、キャナリーは胸を打たれた。

しかし、どうか、どうか、と繰り返すメリッサを、美女はやはり虫でも見るような目で一瞥《いちべつ》する。

「いやあね。ピーピーとよく鳴く虫だこと」

美女は肩をすくめてから、仕方ないと言った顔で話し出す。

「私は間もなく、ジェラルド様に嫁ぐことになっております。つまり私の言葉は、ジェラルド様の言葉と同じと思ってお聞きなさい。よろしくて?」

それを聞いた瞬間《しゅんかん》、キャナリーは固まった。

キャナリーの胸のうちを表したかのように城壁《じょうへき》の向こうから、ドドーン、ゴロゴロという遠雷《えんらい》が響いてくる。

(嫁ぐ……!　こ、この人が、ジェラルドのお嫁《よめ》さんになるってことよね……?)

まさにキャナリーが、一番恐れていた最悪の事態が訪《おとず》れたのだ。

愕然《がくぜん》としていると、執事《しつじ》らしき男が言う。

「……スカイラー様。見れば年嵩《としかさ》の侍女頭。貴方様《あなたさま》と乳母《うば》様のように、ジェラルド様が気を許している間柄《あいだがら》かもしれませぬ。今後の帝国での暮らしを考えると、今あまり事を荒《あら》立《だ》てぬほうが」

そう諌《いさ》められると、スカイラーはフンと鼻を鳴らしたが、口を閉じた。

そしてもうこちらを振り向くこともなく、ゆっくりと優雅《ゆうが》に階段を上っていく。

スカイラーの後ろにはぞろぞろと、お付きの者たちが荷物を持ってついていった。

やがて姿が見えなくなると、侍女たち全員の身体から、ほーっと力が抜《ぬ》ける。

早速《さっそく》小声で、今の一件について話し出した。

「皆様、お聞きになりまして？　ジェラルド様に嫁ぐ、っておっしゃっていましたわよね？」

「ええ。でも本当なのでしょうか。これまでにもよくあった、一方的にジェラルド様にお熱を上げたお姫様の、願望ではないですの？」

（ジェラルドがあの人と結婚する……してしまう……）

キャナリーも疑問と衝撃《しょうげき》で頭がぐるぐるしていたが、ハッと我に返ってメリッサに頭を下げた。

「あっ、あの。メリッサさん、ありがとうございました！　怒《おこ》られるかもしれないのに、かばってくださって」

「当然のことです。あなたは、ジェラルド様の命の恩人ですから」

メリッサはきっぱりと言ったが、まだ気がかりそうに、スカイラーが去っていった階段を見上げる。

「けれど、大変な方に目をつけられましたわね」

「メリッサさん、誰なんですか、今のは。本当にジェラルド様のお相手ですの？」

「教えていただきたいわ、知っていらっしゃるのでしょう?」

侍女たちに尋《たず》ねられ、難しい顔でメリッサはうなずくと、声を潜《ひそ》めて答えた。

「スカイラー様、とお付きの方が呼んでいらっしゃいましたから。私の知る限りそのお名前の方は、おそらく……北のケートス王国の第二王女。スカイラー王女殿下だと思います」

王女様！　と侍女たちは声を上げた。

「それならば、あの傲岸不遜《ごうがんふそん》な態度も納得できますわ……」

「私、肖像画《しょうぞうが》で拝見したことがあるかもしれません。まだ子どものころのお姿でしたけれども、天使のようにお美しくて」

「いくらお美しくても、中身があれでは……本当にジェラルド様があのような方とご結婚されたら私たち、首がいくつあっても足りなそうですわ」

「さあ、もうおしゃべりはこれまでです」

メリッサは話を収めるべく、声を大きくした。

「私も気にならないと言ったら嘘《うそ》になりますが、確かめる術《すべ》がないのでは、ここで話していても無駄に時間を過ごすだけですわ。今日はこのように、たくさんの招待客がいらっしゃいます。王族方、皇族方もいらっしゃいます。様々な噂も飛《と》び交《か》うでしょう。いちいち動揺せぬように」

はい、と素直《すなお》にうなずいて、キャナリーたちは厨房へ向かい、どっさりと棚《たな》から出されて並べられている銀食器を磨《みが》く仕事にとりかかった。

キャナリーももちろん、せっせと手を動かしていたのだが。

(スカイラー……王女様。年のころは、私と同じか、少し下くらいよね……ジェラルドの部屋を訪問するようだったけれど、以前から親しいのかしら。ジェラルドと身分の釣《つ》り合《あ》う、立場的にも相応しい絶世の美女……)

キャナリーの脳裏《のうり》にはスカイラーの美貌がちらついて、いつまでも離れなかった。

「よくぞ参られた、スカイラー殿下。いつにもましてお美しい」

「ありがとう存じます、レイモンド皇太子殿下《こうたいしでんか》。先日のお話、こちらも嬉しく思っておりますわ」

大広間での豪華《ごうか》な晩餐会《ばんさんかい》が終わると、宴《うたげ》の場は舞踏会場へと移り、立食形式で飲み物やデザートなどが振る舞《ま》われる。

スカイラーは右手にシャンパングラス、左手に扇を持って、レイモンドと親しげに話し始めた。

「こたびの宴は、我が国、及《およ》び近隣の友好国にゴーレムが出没《しゅつぼつ》しなくなった祝いのもの。記念や祭事などの堅苦《かたくる》しいものではない。大いにジェラルドと語られよ」

皇帝や年のいった大貴族たちは晩餐会が終わると退席しているため、舞踏会はくつろいだ雰囲気《ふんいき》になっている。

はい、と扇で口元を覆《おお》うようにしてうなずくと、スカイラーはポッと頬を染めた。

「晩餐会では隣《となり》のお席で、いろいろとお話しをさせていただきました。レイモンド様に送っていただいた肖像画を拝見して、想像していたとおりの方でしたわ。物言いが柔《やわ》らかで、誠実でお優しくて」

愛する弟を褒められて、レイモンドは頬を緩《ゆる》ませる。

「そうでしょう。裏表のない、まっすぐな気性《きしょう》の、賢《かしこ》く聡明《そうめい》な弟なのです。スカイラー殿下に、まことに似合いではないかと」

「自慢《じまん》の弟さんでいらっしゃいますのね」

「ええ。だからこそ、スカイラー殿下のような高貴で美しい方をお相手にと考えたのです」

レイモンドはもちろん、スカイラーもすらりとして背が高く、どちらも華《はな》やかに着飾《きかざ》っているし存在感も大きい。

いったいどんな話をしているのだろう、誰と踊るのだろうと、注目を集めていた。

若い美姫《びき》たちは、レイモンドにうっとりと見惚《みと》れているし、青年貴族たちは隙《すき》あらば踊りを申し込もうとスカイラーを見つめている。

ジェラルドはまったく興味がないらしく、アルヴィンと静かに話をしていた。

むろん、熱い視線を向ける淑女《しゅくじょ》たちもいたのだが、ジェラルドは会場の中でただ一点だけを、じっと凝視《ぎょうし》している。

その視線の先にいたのは――

(……こういう場所にいると、実感してしまうわ。私はジェラルドに相応しくないっていうことを)

キャナリーは焼き菓子を乗せたトレイを持って、表面上はにこやかに貴族たちに振る舞いながら、上の空になっていた。

テーブルに並んだ様々な焼き菓子、色とりどりのフルーツやジェリー、砂糖細工やボンボン、クリームたっぷりのケーキも目に入らない。

キャナリーの頭はもうこのところずっと、ジェラルドのことだけでいっぱいだった。

自他共に認める食《く》いしん坊《ぼう》のキャナリーとしては、本当にこんなことは、生まれて初めてだった。

(ジェラルドの姿が視界に入るだけで、なんだか世界が違うみたいだわ。ジェラルドと、それ以外の大勢の人、としか思えない。私にとって、どうしてジェラルドだけこんなに特別で他の人と違うのかしら。姿が見えなくなると、まるで世界から明かりが消えてしまったみたいに感じる。いつまでも見ていたい。でも見ていると苦しい……)

そんな自分を必死に抑《おさ》えながら、キャナリーは仕事を続けていた。

窓の外にはまだ重い雲が居座《いすわ》っているようで、時折、カッと眩《まぶ》しく光っては、ピシャーン！　と落雷《らくらい》の音がする。

しかし室内では宮廷楽団がそれを打ち消すように、ゆったりとした美しい曲を奏《かな》でていた。やがてそれはテンポのいい、ワルツへと変わっていく。

いよいよ舞踏会の始まりだった。

「レディ、私と踊っていただけますか」

「ええ、喜んで」

場内のあちこちでそんな会話が交わされ、ホールの中央では花が咲《さ》いたように、何組もの男女が踊り始める。

キャナリーはそれさえも、遠くの世界の出来事かのように、ぼんやりと眺めていたのだが。

（……スカイラー王女。もしかして、ジェラルドと踊るのかしら）

すうっと優雅に、白鳥が水面を渡《わた》るようにしてスカイラーがジェラルドに近づいていくのがわかる。

基本的に、踊りを申し込むのは男性からだ。女性側から踊りたいと思った場合には、まずは歓談《かんだん》から始めてその後に、さりげなく男性から誘《さそ》ってもらうのがマナーなのだと、キャナリーは子爵家《ししゃくけ》にいたころに家庭教師から教わっている。

自分は何もわかっていなかったのだ、とキャナリーは痛烈《つうれつ》に感じていた。

(侍女になればジェラルドの傍にいられる、って単純に考えていた。誰かが私よりもっとずっと近く、ジェラルドの傍にいるかもしれない。その時、どんな気持ちになるかなんて、想像もしていなかった。……駄目だわ、もう見ていたくない!)

キャナリーは会場から、逃《に》げ出したいと思った。

けれどジェラルドに背を向け、会場から出ようとした時、ハッと我に返る。

(待って。逃げて失って、それで終わりでいいの? 見たくないものから目を背《そむ》けたら、私は満足するの?)

キャナリーは縋《すが》るようにして摑《つか》んでいたトレイを、テーブルに置いた。

(違うわ! やるだけやって失ったのなら後悔《こうかい》しない。でも何もせずに失ったなら、私は一生後悔するわ!)

キャナリーはキッと優雅に踊る貴族たちのほうに顔を向け、思い切り深呼吸をした。

そして胸を張り、すたすたとホールの中央を横切って歩き出した。

「あら。どうしたのかしら、あの侍女は」

「まあ! お歴々の前を堂々と歩く身分ではないでしょうに、はしたない!」

「どちらの侍女ですの? きつく叱《しか》って仕置きをさせねば」

貴族たちのざわめきは、今のキャナリーの耳には届かない。

（人の目なんて怖《こわ》くない。私が怖いのは、ジェラルドを失うことだけ……！）

キャナリーはただ一人の姿だけを求め、まっすぐに歩いていく。

「こんばんは、ジェラルド」

キャナリーは、舞踏会場の人々が注視する中、ジェラルドの前で軽くワンピースの裾《すそ》をつまみ、腰《こし》を落としてレディの挨拶《あいさつ》をした。

「キャナリー？」

驚いた様子のジェラルドだが、その瞳には戸惑《とまど》いより喜びの色が濃《こ》い。

キャナリーは緊張でかすかに震える手をきつく握りつつ、はっきりとした声で言った。

「私と、踊っていただけますか？」

その瞬間、会場が大きくどよめき、人々は一斉に非難の声を上げた。

「な……なんと無礼な！」

「侍女ごときが皇子殿下に踊りを申し込むなどと、あってはならないことですわ！」

「あの娘《むすめ》、殿下に敬称《けいしょう》すらつけなかったぞ。どこかおかしいのではないか。衛兵！　早くあの不埒《ふらち》な娘をつまみ出せ！」

慌てて衛兵が飛んできて、キャナリーの腕を掴もうとしたのだが。

「もちろんだよ、キャナリー！　喜んで……！」

それを阻《はば》んだのはジェラルドの驚いたような、しかし凛《りん》とした声だった。

このところどこか精彩《せいさい》を欠いていたジェラルドの瞳は、溌剌《はつらつ》とした光を取り戻して煌《きら》めき、キャナリーを見つめる。

再び会場は、どよめきに包まれた。

「ジェ、ジェラルド殿下が、ダンスを了承《りょうしょう》されましたわ！」

「まさかあの侍女と踊るおつもりなのか。なんということだ……」

まだ少し震えているキャナリーの手を取ったジェラルドは、嬉しさを抑えきれない表情で、会場の中央へとエスコートする。

キャナリーは嬉しさと安堵《あんど》の入り混じった気持ちで、ジェラルドに微笑んだ。

「ジェラルド……ありがとう。私、断られる覚悟《かくご》をしていたのよ」

「そんなバカなことがあるわけないだろう。すごく嬉しかったよ！」

それが嘘ではない証拠に、ジェラルドの声には感激したような響きがある。

だけど、とキャナリーはまだ不安を拭いきれずに言った。

「私は侍女だもの。魔力を失《な》くした、ただの森の娘よ。こんなことをしたらいけない立場なのは、わかってるわ」

「侍女になりたがったのはきみじゃないか。俺は望んでいない」

「でも本当は、聖女でいてほしかったんでしょう？」

「キャナリー……きみには、隠しきれないな」

ホールの中央で向き合い、ジェラルドは申し訳なさそうな、けれど真摯《しんし》な瞳でキャナリーを見る。

「きみから突然《とつぜん》魔力が消えて、身体が心配だったのは本当だよ。……でも、それだけじゃない。自分を大きく見せたいという気持ちが、確かに心の底にあったと思う。父上たちに認められないと、俺がきみに相応しくないように感じて……。しかし今、きみが侍女の姿で俺を踊りに誘った勇敢《ゆうかん》な姿に、自分はなんてちっぽけなプライドにこだわっていたんだろうと、恥《は》ずかしくなってしまった」

情けない表情をするジェラルドに、キャナリーは左右に首を振った。

「実はね、私もあなたと同じように、一瞬《いっしゅん》だけ聖女だったらよかったのにって考えてしまったの。侍女ではジェラルドに相応しくないと思って……。私たち、同じことを考えていたのね。でも、私は聖女なんて立場に頼《たよ》ってはダメだと、聖女じゃなくてもあなたの傍にいたいと思ったのよ」

キャナリーの言葉に、ジェラルドは目を見開いた。

そして久しぶりに、心からの嬉しそうな笑みを見せる。

「きみはやっぱり素敵《すてき》だ、キャナリー！」

見つめ合って囁きを交わす二人に、周囲のざわめきはますます大きくなっていく。

舞踏会に集まった紳士淑女《しんししゅくじょ》のすべてどころか、控えていた従者、警備の者、給仕の小姓、仲間の侍女たちも何事かと、一斉にこちらを注視しているのがわかる。

楽団はいつの間にか演奏の手を止めていたが、誰もそんなことに気がつかない様子で、踊っていた者たちも自然と足を止めていた。

スカイラーは真っ青な顔で震えているし、レイモンドは怒《いか》りの形相で顔を真っ赤に染めている。

しかしジェラルドは彼らのことなど、気にも留めていなかった。

「自分の気持ちに、改めて気づかされたよ。……キャナリー。きみが侍女でも聖女でも魔《ま》女《じょ》でも、この気持ちは変わらない。ずっと俺の、特別に大切な、世界でただ一人踊りたいと思う人だ。……兄上たちのことなど、もうどうでもいい」

真摯な瞳で言われ、キャナリーは胸がいっぱいになってくる。

「……ジェラルド……」

「こちらからも言わせてくれ。大切なお姫様」

ジェラルドは悪戯《いたずら》っぽい笑みを見せた。

「俺と踊っていただけますか？　俺の大事な、大好きなキャナリー」

もちろん、と答えようとしたキャナリーだったが、あまりの嬉しさに涙ぐんでしまい、言葉が出てこなかった。

ジェラルドがさっと楽団のほうに向けて手を振る。

すると我に返ったかのように、楽団員は止めていた手を動かして、演奏が再開された。

「キャナリー。俺はもうずっと、きみしか目に入っていないよ」

二人が踊り出すと、おお、という歓声とも驚きともつかない大きな声が、会場中から聞こえた。

「い……いったい、どういうことですの！　ジェラルド様が私を差し置いて、よりにもよって、じ……侍女ごときと踊るだなんて！」

激怒《げきど》して取り乱していたのは、スカイラーだった。

「なんという屈辱《くつじょく》！　こんなにまでひどい辱《はずかし》めを受けたのは、初めてですわ。どうなっておりますの、レイモンド様！」

詰め寄られたレイモンドも、困惑と怒りで激しく動揺していた。

「も、申し訳ない、スカイラー殿下。これはおそらく、ジェラルドが何者かに妖術《ようじゅつ》で操《あやつ》られているか、悪いものでも食べたのか……おお、そうだ。晩餐会で酒を飲みすぎて、血迷っていると思われます！　どうか、目が覚めるまでしばしお待ちを」

必死にとりなすが、スカイラーは眉を吊り上げる。

「晩餐会で隣に座っておりましたけれど、あの方、お酒はまったく召《め》し上がっていませんでしたし、ごく普通《ふつう》に会話をされていましたわ。そのような苦《くる》し紛《まぎ》れの弁明で、私が誤魔《ごま》化《か》されるとお思いですの？　みくびらないでいただきたいですわ」

「こ、これは……手厳しい。しかし、スカイラー殿下。どうか私の顔に免《めん》じて、ここは何卒ご容赦を」

スカイラーは、キッとレイモンドを睨《にら》みつける。その目から、つーっと幾筋《いくすじ》も涙が零《こぼ》れ落《お》ちた。泣きながらもスカイラーは胸を張り、厳しい声で断罪する。

「いかに大国、グリフィン帝国の皇太子殿下のお申しつけでも、私にもケートス王国の王女として、プライドがございます！　ぜひジェラルド様と婚約《こんやく》を、との書簡を送られたのは、そちらではありませんか！」

さすがのレイモンドも、スカイラーの剣幕《けんまく》にたじたじとなった。

「わかっております。ですが、こちらにもいろいろと手違《てちが》いが。どうかこの場は、お気を静めてくださいい」

釈明《しゃくめい》しても、激昂《げきこう》しているスカイラーの気は収まらない。

「そう簡単に静まるようでは、我が国の沽券《こけん》に関わります。王女であるこの私を軽《かろ》んじ、恥辱《ちじょく》を与えたこと、決してお忘れにならないで。ただでは済ませませんわよ！」

ぽろぽろと涙を零し続けながら、スカイラーは言い放った。

そしてくるりと背を向けて、舞踏会の会場から退出していく。

どうすれば、と焦っているレイモンドのすぐ近くでは、美しい令嬢《れいじょう》二人を両脇《りょうわき》に抱えたサイラスが、大笑いしていた。

「見直したぜ、ジェラルド！　よくやった、最高にいい気分だ！」

「黙《だま》れ、ふしだらなやつめ！　笑い事ではないのだぞ！」

怒りをぶつける相手を見つけたレイモンドが詰め寄るが、サイラスにはまったく気にした様子がない。

「そもそもあんたが勝手に、ジェラルドの相手なんか見繕《みつくろ》ってくるからだろうが。ジェラルドはあれで結構頑固《がんこ》だし、一人前の成人だ。いつまでもあんたの可愛い小さな弟じゃねえんだぞ。それに……」

サイラスは楽しそうに、ホールの中央を眺める。

「どうやら、なかなか女を見る目もある」

その視線の先には、しっかりと手を繋《つな》いで踊る、ジェラルドとキャナリーの姿があった。

「ねえ、ジェラルド。聞いて。私、言わなくちゃいけないことがあるの」

「言ってくれ。ぜひ聞きたい」

曲はいつの間にか、ワルツからゆったりとした静かな曲に変わっていた。

二人は身体を寄せて揺《ゆ》れながら、互《たが》いの耳元で囁きを交わす。

キャナリーは、ほとんど泣きそうな声で言った。

「私ね。……あなたのことが好き。ずっと前から好きだったけれど、どんどん好きになっていくのがわかるわ。でもこのままだと私、とってもイヤな人間になってしまいそうなの」

「キャナリー？　それはどういうこと？」

優しい声に促《うなが》され、キャナリーは正直にすべてを話すことにした。

「なんだか、おかしいの。ジェラルドに、他の誰かを好きになってほしくない。たとえその人ととてもお似合いで、素敵な家庭をあなたに与えてくれるのだとしても、私、お祝いする気持ちになれないのよ。幸せを願えない」

「何を言い出すんだ。俺に、家庭？」

ジェラルドは驚いた顔をする。

「だって。スカイラー王女は、あなたに嫁ぐって言ってたわ」

すると途端にジェラルドは、呆《あき》れたという表情になる。

「そんな話は、俺は知らない。誰かが勝手にそうしたいと思ったのかは知らないが」

ジェラルドは眉を寄せ、レイモンドのほうをちらりと見た。

それでもキャナリーは、まだ不安な様子で言う。

「だけどジェラルドは皇子様だわ。……だから、こんなことを思ったらいけないのに、祝福できない。結婚してほしくない、って思ってしまうの」

キャナリーは顔を上げて不思議そうにこちらを見る、ジェラルドの青い瞳を見つめた。

「──私だけのあなたでいてほしい！　独《ひと》り占《じ》めしたい。あなたの前に、私よりずっと素《す》晴《ば》らしい人が現れても、あなたを渡したくないと思ってしまうの」

伝えるうちに気持ちが高まってきて、思わずぽろりとキャナリーの目から、大粒《おおつぶ》の涙が転がり落ちた。

それを見たジェラルドは息を呑み、感極《かんきわ》まった声で言う。

「キャナリー……！　嬉しいよ、そんなふうに思ってくれて。俺もまったく同じ気持ちだ」

「え……っ？」

「綺麗事《きれいごと》だけでは済まない。嫉妬や独占《どくせん》欲で苦しくなって、時には自分が醜《みにく》いとまで思ってしまうその感覚を……なんと言うかわかるかい？」

ジェラルドはふいに立ち止まり、キャナリーをきつく抱き締めた。

「恋《こい》だよ、キャナリー。きみは俺に恋してるんだ」

「……これが恋……？」

「ああ、そうだ。やっと俺と同じ気持ちになってくれたんだね」

「ジェラルドと同じ……」

両想いなのだということが、奇跡《きせき》のように感じられた。

どうしようもないくらいの喜び。天にも上りそうな幸福感が、キャナリーを包む。

(言葉では知ってたわ。でもこんなにまで極端《きょくたん》で、普通じゃない感覚だったなんて。……だってさっきまで重くて苦しくて、地の底にのめり込みそうだったのに。ジェラルドと気持ちが通じたら、一気に星に手が届きそうな場所にいるみたい)

自分の恋したジェラルドが、自分に恋をしてくれている。

そう確信した瞬間から、まるで世界が別のものに変化したように鮮《あざ》やかで美しいと、キャナリーには感じられていた。

「キャナリー、俺の心は決まったよ。きみが傍にいてくれるなら魔力の有無《うむ》も、俺の評価もどうでもいい。周りがそれを許さないなら、一緒にいられる道を自分で作る。……俺と行こう、どこまでも」

ジェラルドも歓喜《かんき》に満ちた表情で、抱き締めていたキャナリーを離し、両手を握った。

「どこへでもいい。帝国の外でも。世界の果てでも海の底でも」

「行くわ、ジェラルド！　喜んでついていく！」

キャナリーは泣き笑いをしながら、ジェラルドに応じた。

周囲がざわついているのも、キャナリーは気にならない。

雲の上を歩いているように足元がふわふわしている。

ジェラルドに触れている、ジェラルドが自分を見ている、その何もかもが嬉しくて、歓声を上げたいくらいだ。

（嬉しすぎて、頭がどうにかなりそう。なんだか世界全部が、キラキラして見えるわ。キラキラ、キラキラ、星の光が降ってくるみたい……）

眩しい、と目を閉じたキャナリーから、ふっ、といきなり全身の力が抜けた。

「──えっ？　キャナリー！　どうしたんだ！」

遠くからジェラルドの呼ぶ声が聞こえる。

なんていい声なんだろうと思いながら、キャナリーの意識は遠ざかっていったのだった。


（ここは……どこかしら。見たことのない天井だわ。……朝？　……夜？）

ううん、と小さく唸《うな》ってから、キャナリーは目を開ける。

「キャナリー！　よかった、心配したよ」

大きなふかふかの、天蓋《てんがい》付きのベッド。

その枕元《まくらもと》にいたのは、不安そうな顔をしたジェラルドだった。

「ジェラルド？　私、寝《ね》ちゃったの？　ええと、舞踏会だったのよね……？」

「そうだよ、キャナリー。舞踏会はそろそろ終わるころだ。始まって間もなく、きみは突然倒《たお》れたんだよ」

ジェラルドはキャナリーの手を握り、状況を説明してくれる。

「急いで俺の部屋に運んだんだが、どこか痛むところはないかい？　幸い熱はないようだけれど……」

「大丈夫、どこも痛くないわ」

キャナリーは答えてから、少し身体を動かして、どこにも異常がないかを確認《かくにん》した。

「疲《つか》れてもいないわ。むしろ頭も身体もすっきりして、重い衣《ころも》を脱《ぬ》いだみたいな気分」

上体を起こしたキャナリーの背に、いそいそとジェラルドは、枕をあてがってくれる。

「起きて大丈夫？」

「平気だと思うわ。本当に、なんだか生まれ変わったみたいな感じがするの」

「それならよかった。侍女の仕事と合わせて薬草園の世話をして、やっぱり疲れていたんじゃないかな」

ジェラルドはそう言うと、小姓は呼ばず、自分でお茶を淹《い》れてくれた。

「さあ、キャナリー。温まるし気持ちも落ち着くよ」

「ありがとう。……美味《おい》しい！　いい香り……」

「お腹はどうかな？　パーティーの間中、いつもなら美味しい料理に目がないきみが、ほとんど何も食べていなかっただろう。気になっていたんだ」

「ジェラルドったら、そんなところまで見ていたの？」

「ああ。きみのことだけを、ずっと見ていたからね」

嬉しい、とキャナリーはつぶやいて真っ赤になり、ジェラルドも頬を染める。

互いにドキドキと、胸の鼓動《こどう》が高鳴っていったその時。

ぐうううー、とキャナリーのお腹が鳴った。

「ごっ……ごめんなさいっ！」

慌てて謝ったキャナリーを見て、ジェラルドは楽しそうに笑う。

「どうして謝るの。ずっと食べずに立ち働いていたんだ。お腹が空いて当然だよ」

ジェラルドは呼《よ》び鈴《りん》を鳴らした。

たちまち小姓たちがワゴンを押して入ってくる。

「キャナリー。起き上がれるようなら、夕飯にしよう。実は俺も、ろくに食べていないんだ。ああいう場は苦手で、食べた気がしないからね」

ジェラルドの手を借りてベッドから降りたキャナリーは、丈《たけ》の長い寝間着《ねまき》の上から、美しい刺繍《ししゅう》の施《ほどこ》されたガウンを手渡《てわた》されて羽織る。

それは上等な生地《きじ》でできていて、腰のあたりでぎゅっとサッシュで縛る部屋着なのだが、とても豪華なものだったため、だらしのない格好にはならなかった。

ちゃんと可愛らしい部屋履《ば》きの靴も用意されていて、キャナリーはそれに足を入れ、ジエラルドに促されて、ソファへと移動する。

ジェラルドの部屋はとても広いが、ごてごてと飾られてはいなかった。

家具はすっきりとした白が基調になっていて、ところどころのポイントだけに、金箔《きんぱく》が貼《は》られたり金糸、銀糸の縫《ぬ》い取りがされている。

赤や青の強烈《きょうれつ》な色彩《しきさい》は、唯一《ゆいいつ》の大きな花瓶《かびん》に生けられた花々だけで、爽《さわ》やかな芳香《ほうこう》を漂《ただよ》わせていた。

豪華だが派手にはならないよう、緻密《ちみつ》に計算された内装なのだろう。

(なんだか、ジェラルドらしい部屋だわ)

キャナリーはそんなことを考えて、にこにこしながら周囲を見回していた。

ソファの前のテーブルには、湯気を立てた料理が次々と運ばれてくる。

「キャナリー、どれから食べたい？ まずはスープかな」

ジェラルドはかいがいしく、深い壺《つぼ》から皿にスープを注ぎ、キャナリーの世話を焼く。

まだワゴンを運び込んでいた小姓たちは、目を丸くしてその様子を見ていた。

「自分でできるわよ、ジェラルド」

「きみはさっき倒れたんだぞ。これくらい、やらせてくれ。口を開けてくれたら、スプーンを運ぶよ」

「ジェラルドったら、私は子どもじゃないのよ」

「俺がゴーレムに襲われて怪我をした時、きみがそうしてくれたじゃないか。なんなら、鼻をつまんで薬を飲ませようか？」

「もう、またあの時の話？」

「大事な思い出だからね」

　二人は楽しい思い出話をしながら、スープを口にした。

　野菜の甘みと肉のうま味が、キャナリーの口の中に広がって、心までほっこりと温まったように感じる。

「美味しい……優しい味だけれど、とてもコクがあるわ」

「こっちのスパイスを入れると、また違った味わいになるよ。パンも食べられるかな。それなら、炙《あぶ》ったチーズと炙り肉、それに青菜を挟《はさ》んでおこう」

「自分でやれるのに。でもその組み合わせ、美味しそうね」

「バターと生クリームで、とろとろにした卵を入れると、もっと美味しいんだ。これなら栄養たっぷりだよ」

　ジェラルドは楽しそうに言いながら、具材を挟んだふかふかの大きな白いパンをナイフで切り分け、キャナリーの取り皿に乗せてくれる。

「私、別に栄養の足りない病人じゃないのよ？　……でも、本当にとても美味しそう」

　キャナリーはすすめられるままに手に取って、あーん、と頬張った。

柔らかい炙った肉の脂《あぶら》とバターの効いた卵を、とろけたチーズとフワフワのパンが包み、最高のハーモニーを奏でてくれる。

一口食べた途端、キャナリーは自分がものすごく空腹だったことに気がついた。

そんな大切なことをどうして忘れていられたのか、不思議なくらいだ。

「おいっ、しい……！　なんて美味しいの、いくらでも食べられそう！」

それはよかった、とジェラルドはにっこりして、香草でくるんで焼いた魚や、新鮮《しんせん》な野菜のサラダなども、せっせとキャナリーのために取り分けてくれた。

確かに味も素晴らしくいいのだが、それだけではない、とキャナリーは思う。

「……こんなに美味しいお食事って、久しぶりよ。何も悩みがないせいかしら」

悩み？　とジェラルドは眉を寄せる。

「何か悩んでいたのか、キャナリー。……いや、俺がキャナリーに口を出さないでくれ、なんて言ったからか」

「違うの。そうじゃなくて……」

キャナリーは二個目のパンにかぶりつき、飲み込んでから笑って言った。

「踊っていた時に言ったでしょう？　ジェラルドをどう思っているのか、自分の中で整理がつかなかったの」

「……そうか。きみは男女の噂話どころか、おとぎ話の恋物語すら周囲にない、恋愛《れんあい》から遠いところにいたんだからな」

「それで何も困らなかったんだもの」

キャナリーは、森での暮らしを脳裏に描《えが》く。

「明日、何を食べるか。何か食べられるのか。天気はどうなのか。それが何より重要な生活だったわ」

「でも、今のきみは違う。そうだよね？」

念を押すように言われて、キャナリーははっきりとうなずいた。

「ええ。ジェラルドが同じ気持ちでいてくれたから、だから私は今、とても気持ちが満ち足りているの。パンがこんなに美味しいのは、きっとあなたと一緒に食べているからよ」

「そうか。考えてみれば食事がこんなに美味しいのは、俺も久しぶりのことだ。いつもキャナリーが今どうしているだろうと、そればかり考えていた」

「私もよ。朝目が覚めると、眠るまでジェラルドのことばかり」

「……嬉しいな。きみがまるで、俺みたいだ」

メインディッシュをあらかた食べ終えると、今度はデザートにとりかかった。

少し大人向けのシャンパンのシャーベットは、ミントとライムの香りがして、口の中をさっぱりさせてくれる。

「キャナリー、美味しいかい？」

「美味しいわ、ジェラルド。忘れられない味になりそう」

身も心も満たされる、というのはこういうことを言うのだろうか。

こんな感覚があったんだとうっとりしながら、キャナリーは夢心地《ゆめごこち》でジェラルドを見る。

「最後はやっぱり、ミルクプディングがいいかな？　それとも、もう入らない？」

尋ねられてキャナリーは、とんでもないと首を振った。

「ミルクプディングなら、いくらでも歓迎《かんげい》よ。特にジェラルド、あなたと味わうのなら、いつまででも食べられるわ」

「俺のほうが先に降参しそうだな」

ジェラルドは笑い、キャナリーも笑う。

いつまでもこんな時間が続けばいい、と心の底から思ったのだった。

✦

キャナリーの具合がすっかり落ち着き、すやすやと眠りについた深夜。

ジェラルドは、微笑みながらデザートを口にしていた先刻までとは別人のように厳しい顔をして、レイモンドの部屋を訪ねていた。

「兄上！　配下の者から、スカイラー王女を私の婚約相手として斡旋《あっせん》し、招待していたと聞き及びました。雷雨《らいう》だというのにどうしてもと、王女がまさに出立するというところを引き留めて、執事を通して詳《くわ》しく話を伺いましたが、大変憤慨《ふんがい》しているし納得がいかない、しかるべき報復処置をとる、という答えが返ってきました。もちろん王女とは、会うことすら拒絶《きょぜつ》されました。いったいどういうことなのですか！」

どんよりと暗い顔をして、デスクの椅子《いす》に座って腕組《うでぐ》みをしているレイモンドに、ジェラルドはなおも詰め寄った。

「もともとケートス王国と我が国は盟友、関係は良好のはずではないですか。それが兄上の一存で余計なことをしたばかりに、関係に傷がついたのです！」

「し……しかし、ジェラルド」

レイモンドは、必死に声を絞り出す。

「それがお前のためになる、と思ったからこその計画だった。ケートス王国との友好関係は、第二王女とお前との婚姻《こんいん》によってさらに強固なものとなる。それにスカイラー王女は、美しく聡明だ。これほど似合いの一組はない、と私は考えたのだ」

「勝手なことを！」

ジェラルドは鋭《するど》い声で吐《は》き捨《す》てる。

「そうであれば、兄上が王女と婚約すればいい。相手に望まれぬ結婚など、スカイラー王女にとっても不幸でしかない。兄上の策謀《さくぼう》に振り回されて、彼女も気の毒だ」

「そ、そうはいかん。私は皇太子であり、第一皇位継承者《けいしょうしゃ》だ。ケートス王国は、いかに友好国であってもグリフィン帝国と同等とまではいかない。私の立場では、もっと国益にかなった大国の相手を探さなくては」

「いったい兄上は、女性をなんだと思っているのです」

ジェラルドはうんざりしたように言う。

「私は……兄上を尊敬しておりました。芸術を解し、智謀《ちぼう》に長《た》け、その弁舌《べんぜつ》は大勢の者を動かす力を持つ。けれど今は、幻滅《げんめつ》しております」

「幻滅……⁉」

その言葉を耳にした途端レイモンドの表情は、ますます苦悩の色が濃くなった。

「ジェ、ジェラルド。なぜだ。こんなにまでお前の身を案じている私に幻滅などと、どうしてそんなひどいことを」

「いかに見た目の美しさや利益の仕組みを理解していても、兄上は人間を理解しておられない。思いやりや情のない者は、いずれその冷酷《れいこく》さゆえに滅《ほろ》びの道を辿《たど》るのではないでしょうか。愚《おろ》かなことだと思います」

「……そのようなことはない。私は人間を、お前を理解している。お前は若い。私が導いてやらねば、道に迷う。まだ支えがいるはずだ」

「だとしても、それは兄上ではない！」

ジェラルドはぴしりと言った。

「支えが必要であれば、俺自身が選びます。俺はもう、小さくか弱い弟ではありません。そのことを、しっかりと肝《きも》に銘《めい》じていただきたい」

「た、確かに……私にも落ち度があった。長く留守にしていたお前が帰国し、早くなんとかしてやらねばと、気が焦っていたとは思う」

「それで済むことではありません」

容赦なく、淡々《たんたん》とジェラルドはレイモンドを追い詰める。

「スカイラー王女の件は、外交問題になりかねない事態。兄上はどう責任をとられるのか、考えておいでですか」

「う……うむ。なんとかせねばと、考えてはいる」

「なんとか、とは具体的にどうするおつもりなのか」

冷たい声に、レイモンドは押し黙った。そのこめかみから顎《あご》に、汗《あせ》が伝う。

「そのように、兄を責めるな。私もどうしていいのかわからん。辛いのだ、ジェラルド」

「すべては兄上が引き起こしたこと。責めるなとおっしゃられても、我が帝国に損害を与えたことは事実なのですから」

「わかっている。……反省、している」

「そうですか。では、後始末を頑張ってください。とにかく俺には、もう関わらないでいただきたい」

踵《きびす》を返し、部屋を出ていくジェラルドの背に、必死な声がかけられる。

「ま、待ってくれ。ジェラルド……そ、そのような非道な態度、あんまりではないか。私はお前のためになると信じて。……ジェラルド！」

レイモンドは立ち上がって手を伸ばしたが、その時にはすでにドアは勢いよく閉められていた。

（兄上は、どうやら反省してくれてはいるようだが。……このままではいずれまた、国同士の利益のために、政略結婚の話が持ち上がるだろう）

考えながらジェラルドが廊下《ろうか》を歩いていくと、すれ違う小姓や貴族たちは、驚いた顔でこちらを見ている。

おそらく、まだ収まらない怒りのため、自分はかなり険しい表情をしているらしい。

（キャナリー。魔力がなくなったままでも、きみはきみだ。俺はなんとしてでも、キャナリーを正式な自分の相手にしてみせる）

そう心に決め、ジェラルドが向かったのは、皇帝の私室だった。

「……サイラス兄さん。ここで何をしているんだ」

皇帝の私室に入ったジェラルドが見たものは、テーブルを囲んで睨めっこをしているような父親の皇帝と、腹違《はらちが》いの兄、サイラスだった。

よう、とサイラスは、このところすっかり明るくなった顔色と態度で、ジェラルドに片方の手を上げて挨拶をする。

「何って、見ればわかるだろ。兵法遊びだよ。湖側から攻め込ま《せ》れた場合の、シミュレーションだ」

テーブルの上には地図が広げられ、そのあちこちに文鎮《ぶんちん》や宝玉が並べられている。

おそらく、陣地《じんち》や騎士団《きしだん》を意味する駒《こま》なのだろう。

どこかそのような物騒《ぶっそう》な気配のする他国があるのだろうか、と思ったジェラルドの心の中を読んだように、サイラスが軽い調子で言った。

「別に、今どこかの国と敵対してるわけじゃねえ。あくまでも、万が一に備えての頭の体操みたいなもんだ。舞踏会が終わって、親父《おやじ》も一息ついたからな……それより、お前はどうしたんだよ」

サイラスは駒にしていた宝玉をテーブルに置き、こちらを見てにやりと笑った。

「そういえば、スカイラー王女との縁談《えんだん》が進んでたんだってな。それなのにお前ときたら、例の侍女と踊り出すからレイモンド兄上は怒って真っ赤になるわ、王女は真っ青になるわで、久しぶりに楽しい舞踏会だったぜ」

「縁談など進んでいない」

憮然《ぶぜん》としてジェラルドは訂正《ていせい》する。

「兄上が勝手に決めて、王女を招待したようだ。冗談《じょうだん》ではない。こんなことなら俺は……」

ジェラルドは父親である皇帝の前に歩み寄り、頭を下げる。

「父上。どうか私から、皇籍と第三皇位継承権をはく奪《だつ》してください」

「うん？　なんだと？」

のんびりと地図を眺めていた皇帝は、顔色を変えた。

「突然、何を言い出すのだ、ジェラルド。……ともあれ、そこへかけよ。まずはお前の考えを聞こう」

空いている、一人掛《が》けのソファを示されて、ジェラルドは素直に従った。

サイラスは興味深そうに、ジェラルドを見つめる。

「びっくりした。お前、本気で言ってるのかよ。もしかして、あの侍女のためか？」

「もちろんだ」

ジェラルドは即答《そくとう》する。

「何も驚くような話じゃない。俺には彼女……キャナリーしかいない。このまま皇子という身分でいるために、キャナリーと添《そ》い遂《と》げることが無理だというのであれば、身分を捨てるのは当然の結果だ」

ヒューッ、とサイラスは口笛を吹《ふ》いた。

「見直したぜ、ジェラルド！　男らしいじゃねえか。レイモンド兄上がぐちぐち言いそうだが、俺は大賛成だ」

「待て、サイラス。まったくお前には、皇子としての品性が欠如《けつじょ》しておるな。しかし……そうまで思い詰めていたか、ジェラルド」

皇帝は深いため息をついた。

「思い詰めたわけではありません。俺の心は、ずっと何も変わらない。できれば父上や兄上たちに、キャナリーのことを認めてもらって祝福していただきたかったが。それが叶《かな》わないならば、俺は地位よりもキャナリーを選ぶというまでのこと」

「俺は認めてるぜ」

サイラスは快活に言う。

「あの娘の薬は本当によく効いた。まだ若いのに医師団をしのぐ知識と技術があるなんて、その辺の甘やかされた貴族の令嬢より、よっぽど価値があるんじゃないか。追いかけっこも面白かったしな」

じろりとジェラルドは、サイラスを睨む。

「その話、知っていれば俺が後ろから叩き斬《き》ってやったのに」

「まあそう怒るなって。今となっては笑い話だろ。……お前に告げ口しなかったのは、兄弟仲が悪くなると思って、配慮《はいりょ》したのかな。うん、いい娘だな、やっぱり」

「何度もそう言っているだろう。キャナリーは優しいんだ。剣《けん》を振り回して絡《から》んでくる、酔《よ》っ払《ぱら》いにさえもな」

「だから、怒るなって。俺はお前とキャメリー……じゃない、キャナリーだったか。あの侍女とのことを認めるって言ってるんだから。あんな義妹《いもうと》がいたら楽しそうだ」

口は悪いものの、サイラスは本当に、キャナリーを歓迎する様子だった。

ジェラルドは、皇帝に向き直る。

「父上。皇族離籍《りせき》の件、了承していただけますか」

「待てと言っている」

皇帝はジェラルドに、大きな手のひらを突《つ》き出して言葉を制し、しばし目を閉じて考え込む様子になる。

やがて瞼《まぶた》を開いた皇帝は、ゆっくりと話し出した。

「ジェラルドが皇太子であれば、一も二もなく、わしは反対する。次代の皇帝の正妃《せいひ》として、さすがに侍女は認められぬ。しかしお前は三男だ。適当な領地と公爵の位を授《さず》け、あの娘と静かに暮らすというのなら……それはそれで、よいのかもしれぬ。お前であれば、真面目に領地と領民とを護《まも》るであろうし」

ふう、と大きく息をつき、皇帝は続ける。

「わしが恐れているのはむしろ……万が一レイモンドに何かあった場合のことだ。人の一生など、どうなるか、何が起きるかわからぬ。どんなに若くとも、落馬や急な病で命を落とすこともある。その時、残ったのが年上のサイラス、年下ではあるが正妃の息子《むすこ》であるジェラルドの二人であれば、必ずや互いを担《かつ》ぎ上げるバカ者たちが出てきて、皇帝の座を巡《めぐ》り争いが起こるだろう。わしはそれが……息子同士が命を取り合う悲劇が、何より恐ろしい」

「父上……」

そんなことを考えていたのか、とジェラルドとサイラスは顔を見合わせる。

「だから、ジェラルド。お前がそのような愚挙《ぐきょ》に及ばぬ予防策として、侍女を娶《めと》り、地方の領主として暮らすのであれば……わざわざ皇籍を離脱する必要はない。わしも、あの娘とお前の仲を認めよう」

「あ、ありがとうございます、父上！」

ジェラルドは、もう一度頭を下げた。その頭に、皇帝はそっと節くれだった手を伸ばす。

「うむ。大きく、立派な青年になったものだ。幸せになるのだぞ、ジェラルド。ただ……」

皇帝は手を引っ込めると、眉間にしわを寄せた。

「もう一人の息子のしでかした不始末を、なんとかせねばならん。やれやれ、ケートス王国がなんと文句を言ってくるか……」

そして三度目の、全身から息を吐き出すような深いため息をついたのだった。

レイモンドは自室のデスクに突っ伏《ぷ》して、自己嫌悪《けんお》に陥っていた。

久々に愛する弟のジェラルドが帰国し、気持ちが高揚《こうよう》していたということもある。

聖獣を無事に発見して連れ帰るという、見事な仕事ぶりに感激して大喜びした矢先に、いきなり森育ちの庶民の娘を紹介《しょうかい》されてうろたえた。

しかも以前は魔力があったなどと聞くと、たちの悪い妖術使いなのではないか、ジェラルドが洗脳されているのではないか、と心配でたまらなかった。

だが結局それはこちらの思い込みによるもので、先走ってケートス王国の王女を斡旋し、外交問題にまで発展しそうなのである。

(皇太子である私が、弟可愛さのあまり暴走して、国に損失を与えるとは……なんという失態！　なんという愚かさ！)

あああ、とレイモンドは呻《うめ》きつつ頭を抱え、光の滝《たき》のような髪《かみ》をかきむしった。

(なんとかしなくては。ともかく、このままではいかん。こうなったらせめて、ジェラルドのためにあの娘の正体を、早く把握《はあく》しなくては。そして真実無害な娘であったなら、ジェラルドの選んだ相手だ。……運命と思い、私も義妹として認めよう。このままジェラルドに嫌《きら》われるなら私は……生きがいをなくしてしまう）

のっそりと顔を上げると、レイモンドは呼び鈴を手にした。

そして小姓に、急いでアルヴィンを呼ぶように告げる。

間もなく入ってきたアルヴィンは、警戒《けいかい》しているような、困ったような顔をしていた。

「失礼いたします。私にいったい、どのような御用《ごよう》でしょうか」

もしかしたらジェラルドに忠実なアルヴィンにとって、キャナリーとのことをことごとく反対していた自分は厄介《やっかい》な相手なのかもしれない、とレイモンドは思う。

「ご苦労。お前を呼んだのは他でもない。ジェラルドが執着《しゅうちゃく》している相手……キャナリーという娘のことなのだが」

そらきた、というようにアルヴィンは口をへの字にしたが、すぐにいつもの冷静な表情に戻った。

「キャナリー嬢が、どうかされましたか」

「どうもこうも、お前も見ていただろう。あの舞踏会での一件を」

やるせない思いで言ったのだが、アルヴィンはにっこりと微笑んだ。

「はい。ジェラルド様はご機嫌麗《きげんうるわ》しく、とても軽やかに踊っていらっしゃいましたね」

「そういうことではない。……まあいい。どうせお前も、私に文句を言いたいのだろう」

「とんでもありません」

アルヴィンは、虫も殺さない笑顔で応対する。

「私はいつでも、グリフィン帝国の忠実な臣下です。レイモンド様は、その中核《ちゅうかく》を成すお方。どうして文句がありましょうか。……ただ、しいて言わせていただければ」

なんだ、とレイモンドは先を促す。

「いささか、ジェラルド様をご心配されすぎではないかと。もはやあの方は、立派な成人男性であり、ご自分のことはご自分でお決めになられます」

ふん、とレイモンドは鼻を鳴らした。

「サイラスにも同じことを言われた。だがな、お前たちは知らんのだ！」

声を大きくして、興奮気味に説明する。

「ジェラルドは……あいつはこーんなにちっちゃくて、髪などふわふわで、ほっぺがぷにぷにで、もう本当に愛らしくて、お兄《にい》ちゃまお兄ちゃまと私の後ろをついて歩いて、少しでも私が見えなくなるとお兄ちゃまどこなの、と泣いて探すような、そんな愛らしい弟だったのだぞ！　可愛がって心配して、当然ではないか！」

レイモンドは必死に弁明したのだが、あまりの熱心さにアルヴィンは引いた様子だった。

「まあ、その。た……確かに、お小さいころはそうでしょうけれども、今は違うという話をしているのですが」

「同じ人間であることに違いない！」

レイモンドはなおも強弁する。

「体が弱く、よく熱を出していた。私は枕元で、眠らず看病したものだ。手を握ってやると安心した顔をして、その顔がまた可愛らしくてな。勉強では私に敵《かな》わぬし、剣ではサイラスに敵わぬ。だがその分ジェラルドは努力し、実力はどちらとも拮抗《きっこう》するほどになっていた。結果として、私は剣では到底《とうてい》ジェラルドに及ばぬ。そしてサイラスは当然、勉学ではジェラルドの足元にも及ばぬ。だから、つまり、私は……」

レイモンドは、その美しい顔を苦悶《くもん》に歪《ゆが》めた。

「ジェラルドに、幸せになってほしいのだ！　誰よりも、私よりもだ。そのように亡《な》き母からも頼《たの》まれた。私は母の願いを、なんとしてでも叶えたい！」

「レイモンド様……」

レイモンドの、あまりに偏《かたよ》っているとはいえ弟を想う強い気持ちに、アルヴィンは胸を打たれた。

「レイモンド様が、いかにジェラルド様を大切に思っているかは理解しました。ならばジェラルド様の大切にしているものを尊重してあげてはいかがでしょうか？」

「うん。そのことなのだが」

レイモンドは、デスクに積んである書物と巻物を指さした。

「キャナリーという娘の調べを進めるために、お前の力を貸してほしい」

「……これは。もしや」

アルヴィンは書物に目をやり、表題を見て察する。

「翼《つばさ》の一族についての資料……！」

思ったとおり、レイモンドが書庫などから翼の一族についての資料をすべて抜き取っていたのだ。それを素直に見せてきたとは、どういうことだろう。

レイモンドは、巻物のひとつを手渡してくる。

「何しろ古いものばかりだから、気をつけて扱《あつか》ってくれ。見ればわかるだろうが、困ったことに大半が、魔法文字で書かれている」

「なるほど……確かに」

アルヴィンは受け取った巻物を、慎重《しんちょう》に開いてみた。

「これは神官としての知識を身につけていないと、読めないものですね。しかも古代語なので……さすがにレイモンド様でも、読み解くことは難しいと思います」

「うむ。お前に頼みたい」

レイモンドは言って、デスクの上の巻物や書物、紙の束をアルヴィンのほうへ押し出す。

「どんなにジェラルドの意思を尊重するといっても、正体がはっきりしないままでは認めがたい。アルヴィン。お前もあの娘とは関わりがあり、親しいようだが。そこは差し引いて、事実だけを伝えてほしい。できるか」

はい、とアルヴィンは素直に応じた。

「正直に言って私はキャナリー嬢を信頼《しんらい》しておりますし、できる限りジェラルド様の希望を叶えて差し上げたい、と考えております。しかし、それと私を産み育んだグリフィン帝国に誓《ちか》っている忠誠は別です」

アルヴィンは正面から、レイモンドの目を見つめた。

「帝国と民《たみ》に、万が一にも悪い影響《えいきょう》が出るような事実が明らかになったなら。それがたとえジェラルド様を悲しませる結果であっても、必ずや真実をそのままお伝えいたします」

「そうか。信じているぞ、アルヴィン」

アルヴィンが頭を下げて臣下としての礼をすると、レイモンドは神妙《しんみょう》にうなずいた。

第五章　蛹から蝶へ

「キャナリーさんっ！　もうお身体《からだ》は大丈夫《だいじょうぶ》ですの？」

「びっくりしましたわ、まさかあんなことになるなんて……！」

「詳《くわ》しいことをお聞かせください！　私、もうずっと気になってしまって、昨晩はよく眠《ねむ》れませんでしたのよ！」

舞踏会《ぶとうかい》の翌日、日が昇《のぼ》るころにようやく雨は止《や》んでいた。

井戸の水汲《みずく》みを終え、朝食の時間まで一度控室《ひかえしつ》に戻《もど》った侍女《じじょ》たちは、一斉《いっせい》にキャナリーを取り囲んだ。

仕事中は必死に我慢《がまん》していた言葉が、一斉に堰《せき》を切ったように、彼女たちの口から溢《あふ》れ出《だ》す。

「身体はもう、全然どうもないです。びっくりさせちゃってごめんなさい」

キャナリーが謝ると、それどころではないという顔で、五人は首を振《ふ》る。

「謝る必要なんて、まったくございませんわ！」

「そんなことより、ものすごい度胸ですわよね、キャナリーさん！　まさかジェラルド様を踊《おど》りにお誘《さそ》いになるなんて……！」

「本当に驚《おどろ》きましたわ。てっきりスカイラー王女と踊ると思っていたジェラルド様が、キャナリーさんと踊ったのですもの！」

ポーラは指を組み、夢見るような表情になる。

「あの冷たい王女とジェラルド様が結婚《けっこん》されるという話があってから、なんだか憂鬱《ゆううつ》でしたけれど。ジェラルド様がキャナリーさんと踊った時には、私、胸がすーっとしましたわ！」

「私もですわ！　それにしても、侍女とダンスをされるなんて本当にジェラルド様は懐《ふところ》が深いというか、型にとらわれないというか……」

「キャナリーさん。正直に教えてください」

はしゃぐばかりの四人の侍女とは違《ちが》い、冷静に言ったのはメリッサだった。

「あなたはダグラス王国で、ジェラルド様のお命を救ってくださいましたね。それでジェラルド様はあなたに好意を持たれて、その結果昨晩のようなことに繋《つな》がったのでしょうか」

勢いに押され、ひたすら焦《あせ》っていたキャナリーだったが、忠実な侍女たちにはできる限りきちんと説明すべきだ、と感じた。

「――はい。おそらく、そうだと思います」

キャナリーが肯定《こうてい》すると、メリッサ以外の侍女たちは、キャーッと歓声《かんせい》を上げた。

「素敵《すてき》ですわ。私たちの仲間が、皇子様に見初《みそ》められるなんて」

「身分を超《こ》えての恋《こい》だなんて、ロマンティックですわ……」

メリッサは相変わらず、きりりとした真面目な表情を崩《くず》さない。もしかして怒《おこ》らせてしまったのかと、キャナリーは不安になったのだが。

「キャナリー様。それでは私は、全力であなたを応援《おうえん》します」

メリッサは言って、これまで見せたことのない、優《やさ》しい笑顔《えがお》になる。

「さっ……様？」

自分の名前に様をつけられて、キャナリーは目を白黒させた。

「はい。貴方様《あなたさま》はそう呼ばれるに、相応《ふさわ》しい方です。なぜならジェラルド様ご自身が望み、選んだ相手であるならば、他のどのような高い身分の方よりも、ジェラルド様のお相手に相応しいのだ、と私は思っておりますから」

レイモンドはジェラルドを溺愛《できあい》するあまり、相手がキャナリーでは不満だと判断した。

ジェラルドに対する思いは負けず劣《おと》らずのはずのメリッサは、何よりもジェラルドの意思を尊重するという。

いずれも深い愛情に違いないが、与《あた》え方はそれぞれなのだ、とキャナリーは感じた。

「……ありがとう、メリッサさん。私、以前からジェラルドの知り合いだというのを隠《かく》していて、心苦しかったの。でも、それはみんなと対等に接したかったからなんです。だからこれからも前と同じように、さん付けで呼んでください。様なんて言われると、背中に虫が這《は》ってるみたいにぞわぞわしちゃいます」

その言葉に、侍女たちは笑う。

「ぞわぞわって。相変わらず変なことをおっしゃるわねえ」

「でも、キャナリーさんらしいですわ」

メリッサは嬉《うれ》しそうに、そして力強くうなずくと、ドンと胸を右手の拳《こぶし》で叩《たた》いた。

「わかりました。私、決心いたしましたわ！　かくなるうえはもう、なんとしてでも絶対に、キャナリーさんにジェラルド様と添《そ》い遂《と》げていただきます！」

「ええっ？　ちょっ、待ってください、なんで急にそこまで」

真っ赤になって慌《あわ》てるキャナリーに、メリッサは朗々と言う。

「地位も身分も関係ない、あなたのように飾《かざ》らず気取らない、けれど実際にお命を救うという素晴《すば》らしい行動をされた女性を選んだジェラルド様は、私が思ったとおり聡明《そうめい》で偉大《いだい》なお方だということですわ！」

なるほど！　と侍女たちも感心したようにうなずく。

「けれど、お二方の行く道は、決して容易《たやす》くはないでしょう。なぜなら皇帝《こうてい》陛下や、皇太《こうたい》子殿下《しでんか》たちの許可も必要でしょうし、御身内以外の貴族もどのような反応を示すかわからないからです。しかし、少なくとも私たち、ジェラルド様付きの侍女としては！　全力でお二人の行く末を見守り、末永いお幸せのために、最大限の尽力《じんりょく》をしようではありませんか！　いえ、しなくてはなりません！」

わあっ、と侍女たちは声を上げ、パチパチと拍手《はくしゅ》をした。

キャナリーはすっかり照れてしまい、らしくもなくもじもじしつつ、感謝の言葉を口にしようとしたその時。

コツン！　カツン！　と外から板戸が割れる勢いで、窓を叩く音がする。

何事だろうとそちらを見て、全員があっと声を上げた。

窓一面を、真っ白なもふもふの羽毛《うもう》が埋《う》め尽《つ》くしていたからだ。

「シルヴィー！」

すぐに察したキャナリーが、窓へと駆《か》け寄《よ》って開け放つ。

予測どおり、そこにいたのは巨大《きょだい》な純白の鳥の姿をした、風をつかさどる聖獣《せいじゅう》のシルヴィーだった。

と、羽毛の間からするりと黒い毛玉が飛び出して、キャナリーの肩《かた》に乗ってくる。

「サラ！　どうしたの、遊びに来てくれたの？」

黒い子猫《こねこ》の姿をした、火をつかさどる聖獣のサラは、久しぶりの再会が嬉しくてたまらないというように、キャナリーに頬《ほお》ずりをした。

「キャ、キャナリーさん、それは……？」

「なんて愛らしくて、大きな鳥さんでしょう！　それにこの子猫ちゃん、尻尾《しっぽ》が炎《ほのお》になってますわよ！」

「ま、まさか、キャナリーさん、この生き物は……」

どよめく侍女たちに、キャナリーは安心させるように笑って言った。

「聖獣さんたちです。鳥さんはシルヴィー。猫さんはサラ。サラの尻尾の炎は、穢《けが》れたものを燃やすけれど、人が触《さわ》っても熱くないんです。とっても優しくておとなしいから、心配しなくて大丈夫」

「大丈夫って……キャナリーさん、あなた……」

「火の聖獣サラといえば、伝説的な存在ではありませんか！　皇族の方々ですら、姿を見ることも難しいとされておりますのに！」

「わ、私にも、もう少しよく見せてください！　……まあ、なんて可愛《かわい》い……」

「ジェラルド様と踊ったうえに、伝説の聖獣に懐《なつ》かれているなんて。キャナリーさん、いったいあなた何者なんですの？」

唖然《あぜん》としているメリッサに、キャナリーは困ったように笑いながら答えた。

「なんていうか。成り行きで、いろんな出会いがあったっていうだけで。私は私です、としか」

「んなーお、んにゃ、うう。んにゃんん、なーう」

サラがキャナリーの耳に豆粒《まめつぶ》のような鼻と口をくっつけて、愛らしい声で鳴いた。

可愛い、と侍女たちは喜んだのだが、キャナリーはサッと顔色を変える。

「――大変！　昨日の大雨で西の山の斜面《しゃめん》に、土砂崩《どしゃくず》れが起きたのですって！」

えっ、と侍女たちも緩《ゆる》んでいた顔を強張《こわば》らせた。

「西の山って、その辺りには果樹園がありますわ！」

「街道《かいどう》が通ってますわよね。確か民家もあったはず……」

「っていうか、お待ちになって。まさか聖獣の言葉までわかりますの？　どこまですごい方なんですの、キャナリーさんって……！」

「さすがジェラルド様が選んだ方ですわ！」

事態がまだ呑《の》み込めていないのか、ポーラとレベッカはキャナリーを讃《たた》える。

それどころではないのに、とキャナリーは焦った。

「怪我人《けがにん》が出ているらしいんです。医師団に早く報告しなくては」

「わかりました。騎士団《きしだん》にも支援を求めたほうがいいかもしれませんわね。もちろん、皇帝陛下にも使いを走らせなくては」

さすがにメリッサは冷静に指揮をとる。

侍女たちはそれぞれ各方面に緊急《きんきゅう》事態を知らせるべく、控室を飛び出していった。

キャナリーも救護係に事情を伝えたが、それで終わりにはできなかった。

(ああ。こんな時、私の歌に癒《いや》しの力があれば……!)

魔力《まりょく》を失ってから初めて、キャナリーはそう感じる。

けれど魔力があってもなくても、常にキャナリーが前向きなことには変わりがなかった。

(それでも私には、できることがある! 薬ならたくさんあるし、怪我人がいる場所に、馬よりも早く到着《とうちゃく》できる方法があるわ!)

キャナリーは、裏庭近くの薬草の保管庫へと走った。


「傷薬、打ち身とねん挫《ざ》の貼《は》り薬に痛み止め。血止めの薬も必要かもしれないわね」

薬を大きな布袋《ぬのぶくろ》に詰《つ》め込めるだけ詰め込むと、キャナリーはそれを抱《かか》えて外へ飛び出す。そこにはすぐにでも出発できる様子で、シルヴィーが待っていてくれた。

「シルヴィー、お待たせ!」

言うとシルヴィーは、乗りやすいように大きな身体を傾《かたむ》けてくれる。

キャナリーが袋《ふくろ》を持って背中にまたがると、羽毛の中から現れたサラが、するすると肩によじ登ってきた。

「んなうー!」

挨拶《あいさつ》するように、鼻と鼻をちょんとくっつけてから、キャナリーはうなずいた。

「行くわよ、サラ。シルヴィー！」

と同時に、ばさっ、とシルヴィーは思い切り羽ばたいて地面を蹴《け》る。

「……まあ！　大変ですわ、ご覧になって！」

「聖獣だ……！　誰《だれ》か乗っているぞ！」

城の窓のあちこちから、こちらを見上げ、何か叫《さけ》んでいる人々の声が聞こえた。

キャナリーはすっかり雨が上がり、白い朝もやが立ち込めるグリフィン帝国《ていこく》の美しい朝を、シルヴィーの背から眺めていた。

「本当なら、もっと楽しい気持ちでこの景色を見たかったわ。でも今はそれどころじゃない……！　シルヴィー、まだまだ遠いところなの？」

「きゅいっ、ぴー！」

「そう。グリフィン帝国はダグラス王国よりずっと広いものね」

東側はすっかり晴れて、素晴らしい青空になっているが、西側の山々の頂《いただき》にはまだ鉛《なまり》色《いろ》の雲が漂《ただよ》っている。

風も少し冷たくて、キャナリーは袋ごとシルヴィーに抱《だ》き着《つ》きながら、土砂崩れの場所を一生懸命《いっしょうけんめい》に探していた。

サラはキャナリーといることが嬉しいらしく、その胸元《むなもと》で気持ちよさそうに、ぐるぐると喉《のど》を鳴らしている。

そうして長いこと飛んでから、シルヴィーがひときわ高く鳴いた。

「きゅいいっ！　ぴぴぴぃっ！」

「私にも見えたわ、シルヴィー！」

それは山のふもとだったのだが、明らかに他の場所とは山肌《やまはだ》の色が変わっていた。

緑の木々や草地がすっかり崩れ、茶色い地面がむき出しになっているのだ。

土砂は街道を呑み込み、ふもとの村まであと少し、というところで止まっていたが、いつさらに下にまで崩れていくかわからない。

「……怪我人がいるって言っていたけれど、まだ村に被害《ひがい》は出ていないわよね？　もしかして、街道を通っていた人が巻き込まれたのかしら」

心配になったキャナリーは、必死に目を凝《こ》らして地表を見る。そして。

「今、馬のいななきが聞こえたわ！」

たくさんの木々の枝葉が折り重なるようになっている場所に、何か黒い物体と、確かに動いている数頭の馬らしきものが見えた。

「もしかして、馬車……？　シルヴィー！　あの近くに私を下ろして！」

「ぴっ？　……きゅーい……」

「大丈夫！　森の足場の悪いところだって、私は駆け回っていたんだもの」

自分を心配するシルヴィーの頭を撫《な》で、キャナリーは土砂崩れの起こった場所で、背中から下ろしてもらった。

キャナリーは薬を詰め込んだ袋を抱えて、土砂の中を必死に急ぐ。

悲鳴のような馬のいななきは今やはっきりと聞こえ、そのすぐ傍《そば》で土砂をかぶり横たわった大きなものが、馬車だと目視で判断できた。

（……馬が四頭……！　御者《ぎょしゃ》はどこかしら。それに、荷馬車じゃないわ。きっと馬車の中にも人がいる！）

駆けつけたキャナリーが最初に目にしたのは、押し寄せた泥《どろ》と転がり落ちた岩で怪我をした、苦しみもがく馬だった。

「ひどい怪我だわ！　可哀想《かわいそう》に……！」

どの馬も脚が折れているのか、立ち上がることができないでいる。

さすがのキャナリー自慢《じまん》の薬草も、骨折を簡単に治すことなどできるはずがない。

どうすれば、と途方《とほう》に暮れる間もなく、今度は背後から人の声が聞こえてきた。

「っす、けて……くださ……な、中に、殿下が……っ！」

それは馬車近くの土砂から這い出てきた、御者と思《おぼ》しき男だった。

顔は血まみれで、よろよろとこちらに近づいてくる。

「頭を切ってるわ！　すぐに血止めを」

急いで治療《ちりょう》をしようとしたキャナリーだったが、御者は首を左右に振る。

「わ、私より、殿下を。どうか、殿下をお助けくださいませ……！　殿下に何かあったら、私は死んで詫《わ》びねば……」

震《ふる》える指で、御者は馬車の中を指さす。

でも、となおも戸惑《とまど》うキャナリーに、御者は目を血走らせて懇願《こんがん》した。

「どうか、どうかお早く！　お願いいたします！」

「わ、わかったわ。あなたはじっとして、もう動かないで」

キャナリーとしては、身分で治療の順番を決めることはありえない。けれど、そうまで強く頼《たの》まれると断れず、横転している馬車に走り寄った。

馬車の上を向いているほうのドア半分を、土砂が覆《おお》っている。これをなんとか掻《か》き出さなくては、と思っていると、窓の部分からボコッと土が噴《ふ》き出すように舞《ま》い上《あ》がり、もぞもぞと何かが動いた。

「誰かいるのね？　今助けるわ！」

キャナリーが窓から中を覗《のぞ》こうとすると、さらに土が舞い上がる。それが収まると、ゴホゴホと咳《せ》き込む声と同時に、窓から顔を出した者がいた。

見事な金髪《きんぱつ》の女性だが、その髪《かみ》は乱れ、唇《くちびる》から血が滴《したた》っている。

「っ！　あなたは……！」

キャナリーは気づいて叫ぶ。そこにいたのは、夜が明けぬうちに城を発《た》った、スカイラ

―王女だったのだ。

「う……うう……っ」

窓から這い出たスカイラーはは手を貸したキャナリーの声に反応し、かすかに呻《うめ》いた。

「さあ、こっちへ急いで。また土砂に押し流されるかもしれない。街道の脇《わき》から下は沢《さわ》になってるの。そうなったら助からないわ」

キャナリーはスカイラーの上体を抱えるようにし、必死に馬車の外へ出るのを手伝った。

「そ、その顔……！　あの時の、侍女……」

地面に横たわり、うっすらと目を開いたスカイラーはしばらく朦朧《もうろう》としていたが、助けてくれた相手がキャナリーだと気づくと、みるみる険しい表情になった。

「なぜここに……わ、私を笑いに来たの……？」

「笑う余裕《よゆう》なんてないわ！」

キャナリーは言って、馬車のほうへと戻る。窓から中を覗くともう一人、白髪《しらが》交じりの体格のいい貴婦人が乗っているのが見つかった。

年のころは四十代くらいだろうか。顔は真っ白で血の気がなく、鼻からも口からも血が流れていた。

「頑張《がんば》って！　少し痛いかもしれないけれど、抱えるわよ！」

するりと窓から入ったキャナリーは貴婦人の脇に手を入れて、渾身《こんしん》の力で持ち上げると、なんとか外に上体を出そうとする。けれど窓は小さくて、かなり大柄《おおがら》な貴婦人を出すことはできなさそうだ。

ドアを開こうとしても、土砂が重くてそれもできなかったのだが。

ボンッ！と先刻のように土砂が飛び散って、何が起きたのかとキャナリーは頭だけ窓の外に出す。

するとそこではスカイラーが、どうやら怪我で立てないものの、座った状態で転がっていた木の枝を握《にぎ》り、振り回していた。

「この、忌々《いまいま》しい土石の塊《かたまり》！　馬車の上からおどきなさい！　私を誰だと思っているの！」

王族であるスカイラーは、魔力を使って土砂を吹《ふ》き飛《と》ばしているようだった。

しかし魔力は弱いらしく、少しずつしか取り除けない。

「無理をしないで！　あなただって、大怪我をしてるのよ！」

思わずキャナリーは叫んだが、スカイラーはこちらを睨《にら》みつけた。

「私に命令するなんて、縛《しば》り首《くび》に値《あたい》する大罪ですわよ！　お黙《だま》りなさい！」

口調は厳しいが、美しい顔は真っ青で、血と汗《あせ》に濡《ぬ》れている。

キャナリーはハラハラして、その誇《ほこ》り高《たか》い、けれどボロボロの姿を見守るしかできない。

それでもスカイラーが何度も木の枝を振るい、魔法《まほう》で土砂の除去を繰《く》り返《かえ》しているうちに、ようやく馬車のドアを開くことができた。

「さあ、出られるわ！　もう少しの辛抱《しんぼう》よ！」

キャナリーは貴婦人を抱え、なんとか馬車の外に出る。

スカイラーは木の枝を放り投げ、地面に横たわった貴婦人にまろび寄った。

「ハンナ！　ハンナ、無事なの？　だったら、返事をなさい！」

ハンナは、無反応で目を閉じたままだ。スカイラーはハンナに取《と》り縋《すが》り、怒《おこ》りながら泣き始める。

「命令よ！　今すぐに目を覚ましなさい！　私を置いて死ぬなんて許しませんわ！　……ああ、お願い、目を開いて……！」

おそらくスカイラーにとって信頼《しんらい》する侍女頭か、乳母《うば》のような存在なのかもしれない。

キャナリーはハンナの手を取って脈をとり、胸に耳を当てて鼓動《こどう》を聞く。

「死んではいないわ。失神しているだけよ。でも……」

鼓動は弱くなっていた。呼吸も浅く、肌は冷たい。

(気つけ薬は今は逆効果だわ。身体の中のどこかが破れているのかもしれない……！)

キャナリーの薬でできることは、外傷の出血を止めたり、化膿《かのう》を防いだり、痛みを止めることが大部分だ。骨折などの薬もあるにはあるが、もちろんすぐ骨がくっつくわけもなく時間がかかる。ここまで瀕死《ひんし》の重傷だと、手の施《ほどこ》しようがない。

スカイラーはキャナリーの言葉など聞こえていないように、ハンナに声をかけ続ける。

「ハンナ、大丈夫よ、私が背負ってでも、ケートス王国に連れ帰って、医師に治療してもらいますわ。こんな異国の地で、あなたを死なせたりするものですか！」

そう言ってスカイラーは、必死にハンナを背負おうとしたのだが。

「っああ！　う、う……っ」

立ち上がろうとした瞬間《しゅんかん》、スカイラーは顔を歪《ゆが》めて地面に倒《たお》れた。

おそらくスカイラー自身も、全身にダメージを負っているに違いない。

「無茶しないで！　まず、あなたの出血を止めましょう。それから、痛み止めを」

治療しようとしたキャナリーの手を、スカイラーは振り払《はら》った。

「触らないで！　私は王女です。あなたのような下々の者に、気安く触《ふ》れられたくありませんわ！」

「そんなこと言っている場合じゃないでしょう！」

「いいえ、そんな場合なのですわ！」

スカイラーは怒《いか》りに燃えた目をしていた。

「私もハンナも、従者たちも、この地で命を落とすかもしれません。そういう怪我なのだと……自分でもわかります。王女として生まれ……従者たちと命運を共にするこの場に、あなたは必要ありません！　……目障《めざわ》りですわ！」

今にも死ぬかもしれないという瀬戸際《せとぎわ》で、スカイラーははあはあと肩で息をつき、血を流しながらも気丈《きじょう》に言う。

「でも、そうですわ、確かあなたは……薬草園の世話をしていると言っていましたわね。ならば、問います。今この場で……私と臣下を助けられるのですか？」

命の最後の炎を燃やしているような瞳《ひとみ》で問われ、キャナリーは言葉に詰まった。

「い、今は……それは……」

「できないとおっしゃるのね？　わかりました、ならば、さっさと消えなさい！　我が臣下を救えぬ者に、用はありません！」

王女としての誇り高さに圧倒《あっとう》され、キャナリーは何も言えなくなってしまう。

（確かに、薬草では……ここまでの重傷を治すことはできないわ……。痛み止めも湿布《しっぷ》も、気休めにしかならない。咳止《せきど》めやお腹《なか》の薬も、役に立たない）

他にも怪我人が大勢いるようだが、あまりの惨状《さんじょう》に、キャナリーは薬袋《やくたい》を抱えて無力感に打ちひしがれていた。

ぐっと強く唇を噛《か》み、涙《なみだ》が出ないようにするのが精一杯《せいいっぱい》だ。

（薬を持っているのに。たくさんの人や馬が苦しんでいるのに、助けてあげられない。ねえ、ラミア教えて。私はどうすればいいの。何かできることは……）

とうとう堪《こら》えきれない涙が、頬を伝う。

祈《いの》るように目を閉じたキャナリーの脳裏《のうり》に、口が悪く粗暴《そぼう》で豪胆《ごうたん》な、育ての親の老婆《ろうば》の顔がフッと浮《う》かんだ。

『寝《ね》ぼけたことをお言いでないよ、キャナリー！　のんびり考える暇《ひま》があったら、手でも足でも口でも、動かせるものを動かすんじゃよ！』

ラミアがここにいたならばきっとこう言う、というセリフが胸の中に蘇《よみがえ》る。

必死に頭を巡《めぐ》らせたキャナリーは、ひとつの記憶《きおく》に思い至った。

（あの時。救護棟《とう》でゴーレムに襲《おそ》われた人たちを見た時と同じだわ。こんな時に何をしている、ふざけるなと恨《うら》まれたとしても）

キャナリーはぱちりと目を見開き、血と土の匂《にお》いがする周囲を見回す。

その目にはもう、涙の名残《なごり》はなかった。

（だとしたら、なんだっていうの。罵《ののし》られたって、何も損なんかしないわ！　なんだってやってみるべきよ、キャナリー！）

どさりと薬の入った袋を足元に置き、キャナリーはすっくと背筋を伸《の》ばして立った。

そして倒れ伏《ふ》しているスカイラーとハンナの前で、まっすぐに前を見つめて大きく息を吸う。

何をするつもりなのか、と不審《ふしん》そうにスカイラーが首をもたげ、こちらを見上げたその時。

「あおきつき　ひかりのもと　こよいはしずか　ねむれゆうれい　けもの　ようまのすべて……」

キャナリーは朗々と歌い始めた。

「すうすうねむれ　ほしをまくらに」

「歌っている……？　こ、こんなに大変な時に。私の大切な者たちが、命を失おうとしている今この時に……？　……許せない……」

スカイラーは眉《まゆ》を吊《つ》り上げ、ぎりりと血が出るほどに、唇を噛み締《し》めた。

「許せませんわ！　虫けらの侍女、キャナリー！」

叫んだ勢いのままスカイラーは立ち上がった。

そして、くわっと鬼《おに》の形相をして熊のように両手を上げ、キャナリーに摑《つか》みかかってこようとしたのだが。

「……っ？　えっ」

スカイラーは拍子抜《ひょうしぬ》けした顔になり、数歩よろけてから立ち止まる。

「私……足が、痛くない……立つことができましたわ……？」

「ス、スカイラー様！　お怪我は！」

そう言ってむっくり起き上がったのは、ハンナだった。

ハンナが破れたドレスを引きずって歩いてきたのを、スカイラーは夢見るような目をして見つめ、それからガシッと抱き留《と》める。

「ハンナ！　ああ、大丈夫なの？　どこも痛くないのですね？」

「は、はい。何か歌声が聴《き》こえてきたと思いましたら、急に身体が自由になったように、軽くなって」

「私も確かに痛みが嘘《うそ》のように消えたのだけれど……お前は私より、年寄りですもの。本当に大丈夫なの？」

「私の身を案じてくださるなど、もったいなきお言葉。スカイラー様こそ、ご無事で何よりでございます！」

キャナリーはその様子を見て、歓喜《かんき》に瞳を輝《かがや》かせていた。

（魔力が戻ってる……？　私の歌が、人を助けることができたんだわ！）

自信を深めたキャナリーは、風向きを確かめてから大きな岩によじ登り、そこでもう一度歌い始めた。

（お願い、偶然《ぐうぜん》や錯覚《さっかく》じゃありませんように！　私の歌に癒しの魔法の効果が、どうか戻っていますように……！）

大きく両手を広げ、キャナリーは精一杯声を出す。

するとと繰り返し歌ううちに、死んだように横たわっていた馬たちがヒヒーンと元気に嘶《いなな》いて、一頭、また一頭と背中から土を振るい落として立ち上がっていった。

「ど、どうなってるんだ、痛みがすっかり消えた」

「俺もだ。楽に呼吸ができる。胸が潰《つぶ》れて死ぬかと思ったのに！」

農民たちも意識を取り戻し、無事を喜び合っている。

（でも、まだ駄目《だめ》よ）

キャナリーは一層声を大きくし、心を込《こ》めて歌い上げた。

（土砂に埋まった従者、果樹園で働いていた農民たちだって、まだいるに違いないわ！）

けれどその耳に、カラカラと小石が上から転がる音が聞こえた。

さらにゴゴゴゴ……という、嫌《いや》な音が地の底から響《ひび》いてきて、農民たちが慌て出す。

「おいっ、また崩れるぞ！」

「逃《に》げろ、まだ土砂崩れは収まってねえ！」

キャナリーが立っていた岩が、ぐらりと傾く。

「ああ……っ！」

足を滑《すべ》らせて、キャナリーが岩から落ちたその時。

「キャナリー！」

どさっ、とその身体を抱き留めたのは、なんとジェラルドだった。

「ジェラルド！　どうしてここに……？」

「シルヴィーが連れてきてくれたんだよ。まったくきみは無茶ばかりする！」

上空を見るとシルヴィーが旋回《せんかい》していて、どうやらキャナリーを運んでから城へ引き返し、連れてきてくれたらしい。

「大丈夫かい、どこか怪我はしていないか？」

「平気よ。ごめんなさい、ジェラルド。ありがとう……！」

助けに来てくれたジェラルドの腕《うで》の中、その優しさと愛《いと》しさに、うっとりするような歓喜がキャナリーを包む。

しかし事態は、まだ悪化している最中だった。足元にはひっきりなしに、上から石が転がり落ちてきている。

「キャナリー、逃げよう！」

ジェラルドが言ったが、キャナリーは身体を離《はな》し、首を振った。

ジェラルドに助けられ、その腕に抱き留められた途端《とたん》、歌ったことで失った魔力と体力が、一気に回復して爆増《ばくぞう》する感覚があったのだ。

「まだまだ歌えるわ！　ジェラルドは逃げて！　私はできる限りの人を、生き物を、助けたいの！」

「キャナリーを一人、危険なところに置いていけるわけがないだろう！　残るならば、一緒《いっしょ》に」

「ジェラルド……ありがとう！」

二人で岩によじ登ったキャナリーは、朝を迎《むか》えた巨大な帝国を見つめながら思う。

(ジェラルドを産み育て、ジェラルドが愛したこの国を、私も愛する。必ず護《まも》ってみせるわ!)

強い意志で心に誓《ちか》い、子守歌《こもりうた》を歌い始めた、次の瞬間。

ドン! と背中を突《つ》き飛ばされるような、異様な感覚があった。

キラキラと周囲のがれきが、金色に輝いて見える。

キャナリーはこの感覚に、覚えがあった。ダグラス王国でジェラルドがゴーレムの大群に襲われた時。絶対に自分が守ってみせると決心したあの時と同じ。いや、もっと激しく勢いが強いかもしれない。

ジェラルドは息を呑んだが、キャナリーと目が合うと柔《やわ》らかな笑顔になる。

そしてキャナリーの腰《こし》を抱きながら、合わせるようにして、歌い始めた。

この子守歌は初めてジェラルドの怪我を治した時も、ダグラス王国を襲ったゴーレムから守る時も、何度も歌った二人の思い出の歌だ。

だからジェラルドもいつの間にか自然と覚えたのだろう。

それでも一緒に歌ってくれるのは初めてで、キャナリーは今までにないほど嬉しく、温かな気持ちになる。

誰かと一緒に、想《おも》いを共にして歌うこと、それはなんと幸せなのだろうか。

するとー層、金色の光が増したようだった。

ああっ、という悲鳴のような声が、どこかから聞こえた。

「侍女の背中に、き、金色の翼《つばさ》が……！」

逃げようとしていたハンナが、縋るようにしてスカイラーに叫んだのだ。

「殿下、あ、あれは怪物《かいぶつ》の類《たぐい》ではございませぬか！　危のうございます！」

「ち、違います。あれは……あの姿を私は知っている。幼いころ、古い書物で見た……

『翼の一族』……！」

スカイラーの驚愕《きょうがく》した声は、もう今のキャナリーたちには聞こえない。

ただひたすら、一心不乱に歌うことだけに集中していた。

そしてたちまち怪我が回復し、呆気《あっけ》に取られていた周囲の者たちは、さらに、驚くべきものを見る。

「っわああ！　おい、これは！」

「すごい！　木々が、立ち上がっていく……！」

みしみし、メキメキと音をさせながら、土砂で倒れた木々が動物でもあるかのように、枝を振り、身をよじり、大地に根を下ろしていった。

崩れた土砂にはみるみるうちに根が張っていき、枝の先には果物が実る。

えぐられた地肌《じはだ》にも、一斉に草が芽吹《めぶ》いて次々に花を咲《さ》かせた。

緑の絨毯《じゅうたん》がどこまでも広がって、土砂崩れの傷を覆っていく。

元気になった小動物たちがあちこちから飛び出し、ひらひらと色とりどりの花の間を蝶《ちょう》が舞う。

「まるで、夢でも見ているようだ……」

「や、やはり我々は死んでいて、天国に来たんじゃないのか？」

かもしれない、と衣類の泥を払いながら起き上がった従者の一人が気づいて、キャナリーを指さした。

「見ろっ！　あそこに、聖女様と皇子殿下がいらっしゃるぞ」

「おお、金色の翼……！　大聖女様だ……！」

ふう、とキャナリーはようやく歌い終え、ゆっくりと辺りを見回した。

（まあ。花があんなに咲いて、倒木《とうぼく》まで元に戻ってる。どっさり葉も茂《しげ》ってるし……これも魔法の一種なのかしら）

キャナリーは嬉しさに目を輝かせつつ、濃《こ》い緑の匂いを嗅《か》いだ。

「さあ、まだ怪我人がいないか、確認《かくにん》しなくちゃ」

ねっ、と隣《となり》にいたジェラルドを見ると、きつくキャナリーを抱き締めてきた。

「キャナリー！　きみって人は、いったいどこまですごいんだ……！」

「そ、そうね。私も実は、ちょっとびっくりしているの」

そういえば、と背後を確認するとすでに金色の光は見えなくなっていて、もう翼は引っ込んでしまったらしい。

「ジェラルドの歌、初めて聴いたわ！　すごく上手で、一緒に歌っていると幸せな気持ちになったの。きっと、魔法にもそれが表れたのね。ジェラルドのおかげだわ」

「きみの歌声に引き込まれるようにして、思わず声が出ていたんだ。でもまさか、植物まで再生するとは……さすがだよ、キャナリー」

岩から下り、睦《むつ》まじく言葉を交《か》わす二人だが、人の気配に振り向いてぎょっとする。

つかつかと歩み寄ってきたスカイラーとハンナが、いきなりそこでひれ伏したからだ。

「スカイラー王女……？」

「えっ。どうしたの、まだどこか痛いの？」

魔法の効き目が切れたのだろうかと慌てたキャナリーに、違います、とスカイラーは首を振る。

「私はあなたに、大変なご無礼を働いておりました。まずはそれを謝罪します。大聖女、キャナリー様」

ええっ、とキャナリーはスカイラーの、先刻までの態度とのあまりの違いに、のけぞるほど驚いてしまった。

ジェラルドも、目を真ん丸にして成り行きを見守っている。

「い、いいのよ、別に。あのう、それに」

キャナリーは照れながら、正直に言う。

「私、この前まで魔力が消えてしまっていたの。聖女だったら、魔力が出たり引っ込んだりしないでしょう？　……あっ、小鹿さん」

話しているうちに、歌を聴いて集まってきたらしい小動物たちが、ぞくぞくとキャナリーの元へやってきていた。

「あら、キツネさんに、ウサギさんも。怪我は治ったの？　みんなどこも痛くない？」

様々な動物たちがキャナリーに頬や額をこすりつけて、甘えるように身を寄せてくる。

その光景を、スカイラーは眩《まぶ》しそうに、じっと見つめていた。

「ええと、なんだったかしら。そうそう」

もふもふ、わふわふと、一時動物たちのぬくもりに心を奪《うば》われてしまったキャナリーは、話の続きを思い出す。

「つまり歌の魔力は偶然の産物っていうか。とにかく、私は聖女なんて大層なものじゃないと思うのよ」

「いいえ、キャナリー様」

スカイラーは顔を上げ、緑の瞳でキッとキャナリーを見つめた。

「ありとあらゆる生き物を癒し、植物にまで活力を吹き込む魔力。そんな歌声を持つ存在が、大聖女以外にいるでしょうか。そしてあなたは、私と私の大切な乳母、ハンナの命を救ってくださった大恩人でもありますわ」

スカイラーはにっこりと、艶《あで》やかな笑顔を見せる。

金髪はぼさぼさに乱れ、ドレスも汚《よご》れ、破れていたけれど、その姿はまるで大輪の花が咲いたように美しい。

「私の、王女としての誇りは今も変わりありません。けれど、ジェラルド様が選んだ相手が大聖女であるならば、その誇りにも傷はつきません」

「スカイラー王女。兄の勝手な暴走、まことに申し訳なかった」

ジェラルドは謝罪し、キャナリーは首を捻《ひね》る。

「大聖女……なのかしら？　自分ではわからないけれど」

スカイラーは戸惑うキャナリーの手を取って、その甲《こう》に唇を押し当てた。

「どうか、ジェラルド様とお幸せに。そしてケートス王国は、これからもグリフィン帝国と、末永く友好的なお付き合いを続けさせていただきたいですわ」

「スカイラー様……ありがとうございます！」

（ジェラルド。私、帝国を護れたみたい）

キャナリーは安堵《あんど》してジェラルドと目を見交わし、次いでスカイラーに微笑《ほほえ》み返したのだった。

「さあ、我が国の最高級の食材を使った料理の数々を、心ゆくまで堪能《たんのう》していただきたい！」


スカイラーたちが新しく用意された馬車で、グリフィン帝国を発ったその日の夜。

宮廷《きゅうてい》の奥まった一室で、皇族たちだけの晩餐会《ばんさんかい》が開かれていた。

招待されたキャナリーは、ジェラルドが手配した淡《あわ》い水色の、上半身はぴったりとしたスクエアネックで、腰から下は幾重《いくえ》にも花びらのような絹の重ねられた、華麗《かれい》だが品のいいドレスを着ている。首元にはジェラルドの瞳の色と同じ濃い青の宝石をはめ込んだ、チョーカーが煌《きら》めいていた。

大きなテーブルを囲み、背の高い特別な背もたれのついた椅子《いす》には、皇帝が座っている。

さらには皇帝の弟や、その息子《むすこ》や娘《むすめ》たち、サイラスの母親も顔を見せていた。

皇帝の左隣《ひだりどなり》には、サイラスが相変わらず上機嫌《じょうきげん》でワインを口にしている。

そして右隣《みぎどなり》は、当然レイモンドの席のはずなのだが。

「あっ、キャナリー嬢《じょう》。その魚料理にはぜひ、こちらのスパイスを使ってみてほしい。こちらのお茶は冷めてしまっているな。すぐに取り換《か》えさせよう」

「あ、えーっと、お構いなく……」

「兄上、どうか自分の席に戻ってください」

レイモンドは自分の料理には手をつけず、せっせとキャナリーとジェラルドの給仕《きゅうじ》をしていた。

キャナリーもジェラルドも、ころりと態度を変えたレイモンドに、すっかり面食らってしまっている。

レイモンドは後から駆けつけた帝国騎士団の報告によって、土砂崩れの被害とそれに巻き込まれたケートス王国の賓客《ひんかく》の命が、キャナリーによって無事に助かったことを知ったらしい。

さらには侍女たちの報告で、聖獣がキャナリーに知らせに来たおかげで、騎士団を救助に向かわせることができたこと。また、スカイラー王女により、キャナリーの歌の魔力の覚醒《かくせい》についてまで、詳細《しょうさい》に事態を把握《はあく》したようだ。

当初はキャナリーを目の敵《かたき》にしていたスカイラー王女の言葉とあって、レイモンドはようやくすべてを理解し、信じたのだろう。

「いや、キャナリー嬢はこじれかけたケートス王国との仲を取り持ってくれた大功労者、ねぎらって当然ではないか。それに、くれぐれもキャナリー嬢を大切にせよ、それが先走った私の失態を許す条件だと、スカイラー王女殿下にも言われたのだ。……さあ、遠慮《えんりょ》せずに食べてくれ」

そうだったの、とキャナリーは、スカイラーの美しい緑の目を思い出して嬉しくなった。

キャナリーの目の前には、すでに幾《いく》種類ものパンやパンケーキ、こんがりと焼かれた魚、肉汁《にくじゅう》の溢れる分厚いステーキ、野菜やひき肉を詰めたものと、クリームやジャムの入ったパイ、煮《に》込んだ豆と鶏肉《とりにく》のシチュー、などが、ずらりと並べられている。

(はふっ……この熱々のシチュー、鶏肉の脂《あぶら》が他の具材に絡《から》んで、コクがあって美味《おい》しい！　んんっ、パンと一緒に頬張ると香《こう》ばしさが引き立つわ！　こっちのお魚は白身ね。……ああー、たっぷり脂が乗ってぷりぷりしてる！　美味しい、美味しい、ああ幸せ！　お腹も舌も喜びの舞いを踊り出しそう！)

キャナリーが遠慮などせず、ぱくぱくと食べていると、新しい料理ができるそばからレイモンドが湯気を上げている皿を置き、空になった皿を下げてくれる。

この様子をハラハラした顔で、ジェラルドが見守っていた。

「キャナリー。兄上に気を使って、無理に全部食べなくていいんだよ」

ジェラルドが囁《ささや》いたが、それはキャナリーにとって的外れな心配だった。

「わかったわ。でもそれじゃあ、お代わりはしてもいい？」

「えっ？　そ、それは、いいけれど……まだ入るのかい、キャナリー……」

入るわよ、とキャナリーはきょとんとして答える。

「当たり前じゃないの。だってデザートもまだなのよ。久しぶりに歌ったせいか、信じられないくらいお腹がぺこぺこなの！」

キャナリーが朗《ほが》らかに答えると、感心したようにレイモンドが言う。

「なるほど。……華奢《きゃしゃ》な身体に似合わないこの食欲。やはり間違《まちが》いないようだ」

何がだろう、と思ったが、特に大好きな卵料理が運ばれてきたため、キャナリーはレイモンドに聞き返すことはしなかった。

（とろとろの黄身って大好き。甘いものにも甘くないものにも合うのよね。パンにはもちろんだけれど、お肉とも相性抜群《あいしょうばつぐん》。……んんー、とろけそう！）

ジェラルドに限らず、サイラスをはじめとする他の皇族たちも、キャナリーの旺盛《おうせい》な食欲に驚いた顔をしていた。

さすがのキャナリーも満腹になったころ、それぞれの前のテーブルには、お茶と氷菓《こおりが》子《し》、軽い焼き菓子などが置かれていく。もちろん、すっかりキャナリーの大のお気に入りになった、ミルクプディングも並んでいた。

（最後はやっぱり、ミルクプディングよね！　これまで知っていた、どんな食べ物とも違うんだけど……なんていい香り。うっとりしちゃう。……それにしても）

キャナリーはちらりと、相変わらず給仕をしてくれているレイモンドに目をやった。

（レイモンドさんたら、何も食べてないわ。もとはと言えば、ジェラルドの身を心配して

のことだと思うし、私にそこまでしてくれなくてもいいのに）

親切にされすぎて、逆に居心地《いごこち》悪《わる》く感じたキャナリーだったが、間もなく小姓《こしょう》がやってきて何か囁くと、レイモンドは席を離れ、ドアのほうへと歩いていった。

そしてくるりと向きを変え、こちらに向かって言う。

「――では、我が愛する血族たち。ここで大切な話をさせていただきたい」

レイモンドは、ドアを開いた。

すると紙の束を抱えた青年が、一礼して部屋の中に入ってくる。

「アルヴィン！」

意外な来訪者に、キャナリーとジェラルドは同時に名前を呼ぶ。

アルヴィンはこちらを見て、安心させるような笑《え》みを見せた。

その肩に手をやったレイモンドは、皇族たちが優雅《ゆうが》にお茶を飲んでいるテーブルの前へと誘導《ゆうどう》する。

そしてアルヴィンの横に立ち、何事かと不審がっている皇族たちに説明を始めた。

「……皆《みな》も漠然《ばくぜん》と、噂《うわさ》としては聞いているかもしれんが。こちらの、キャナリー嬢の出自と正体について、私は調べを進めていた。さらにはスカイラー王女より、特別にケートス王室秘蔵の書物を、魔道具《まどうぐ》で取り寄せていただいたのだ」

へええ、とキャナリーは他人事《ひとごと》のようにしか思わなかったのだが、ジェラルドは不満そうな顔でぼそっとつぶやく。

「兄上め。やはり資料を隠していたのか」

アルヴィンはジェラルドが言いたいことがよくわかっているようで、まあまあと宥《なだ》めるような顔つきでこちらを見ていた。

そして、ひとつ咳払《せきばら》いをしてから、落ち着いた美声で話し始める。

「栄えある皇族の皆様方の前で、僭越《せんえつ》ながら説明をさせていただきます。内容は、『翼の一族』と、あちらにいらっしゃるキャナリー嬢の関係についてです」

おお、という声が、テーブルのあちこちから上がった。

「本当にこの令嬢《れいじょう》と、かの伝説的な一族に関わりがあるのか」

「だとしたら、私たち皇族にとっても、これは素晴らしい邂逅《かいこう》ですわ」

皇族たちのざわめきが収まるのを待って、再びアルヴィンは冷静な声で言う。

「資料とされた書物、古文書、巻物は、空想、神話と思われる類のものが半分を占《し》めておりました。また、物語として脚色《きゃくしょく》されたものも二割ほどありました。残りの三割が、史実に基《もと》づいた『翼の一族』の情報ではないかと考えております。特にスカイラー王女がお貸しくださった資料の情報は、貴重なものでした」

アルヴィンは、一本の巻物を広げる。それは黄ばんでいて、端《はし》のほうは虫が食っていた。

「それによると、そもそも各国に現れる聖女。これは大部分が、現在は魔力のない一般人《いっぱんじん》として生活しているけれども、遠い先祖に魔力を持つ王族、皇族などがおり、女神《めがみ》イズーナの慈悲深《じひぶか》さによって、国が危機に瀕《ひん》した際に力を発動して現れるとされています。魔力の種類は様々であり、その土地自体の自然環境《かんきょう》や精霊《せいれい》の個性によって左右される。しかしごく稀《まれ》に王族、皇族とは無関係な、『竜《りゅう》の一族』あるいは『翼の一族』が大聖女として出現することもある、とのこと」

静まり返り、耳を澄《す》ませている皇族を前に、アルヴィンは続ける。

「こちらの図説のように、背中にある翼。これは実体の羽毛ではなく、金色の光であるとのこと。これと同じものがキャナリーさんの背中に出現した様子を、ダグラス王国においてジェラルド皇子殿下、ならびに村人の多数が目撃《もくげき》しております。そして先日、スカイラー王女殿下とその臣下の面々も同時に、間近で確認したそうです」

ほおお、というため息が、幾人《いくにん》かの唇から漏《も》れた。

アルヴィンは、さらに続ける。

「ただし、翼の出現は魔力を放出する間だけのもので、継続《けいぞく》はいたしません。これも巻物の図に記してあるとおり。さらにまた、こちらの古文書にはこうも書かれています」

巻物をレイモンドが受け取ると、別の古文書を開いて、アルヴィンは皇族たちに示した。

「『翼の一族』の魔力は、声に宿る。その力は癒しであり、不浄《ふじょう》を払う。……ただし」

アルヴィンは、ジェラルドとキャナリーに、順番に視線を向ける。

「幼体から成体へと移り変わる準備期間、その魔力は一時的に失われる。そして、完全体となったあかつきには、血肉を持つもののみならず、草木すべてにその力が及《およ》ぶ」

「つまり、人や動物だけでなく、植物をも復活させる魔力を有しているということだ。ジェラルドに聞いたキャナリー嬢の状態と、確かに一致《いっち》している」

レイモンドの言葉に、言われてみれば！　とキャナリーは納得《なっとく》しかけたのだが。

「ただしキャナリーさんの場合は、いささか事情が違いました」

「どういうこと？」

アルヴィンの言葉に、キャナリーは首を傾《かし》げる。

「この準備期間というのは、毛虫が蝶に羽化《うか》するまでの、蛹《さなぎ》の期間のようなものです。人であれば、いわゆる思春期だと思うのですが。キャナリーさんが魔力を失ったのはつい先日。もう、思春期というお年ではなかったと思います」

正直キャナリーは、思春期と言われてもピンとこなかった。

ただ最近ジェラルドへの気持ちに対して、理屈《りくつ》ではわからないもやもやするものを常に感じている自覚があったので、そのことだろうかと考える。

アルヴィンは淡々《たんたん》と言う。

「けれど、考えてみればキャナリーさんが生まれ育ったのは森の奥。育てのおばあ様と二人きり、という、きわめて特殊《とくしゅ》な環境です。ダグラス王国でも、王立歌唱団という場所に、女性だけで隔離《かくり》生活を強《し》いられていた。ですから通常より、かなり遅《おく》れてきた思春期だったのではないかと思われるのです」

要するに、とアルヴィンは一度言葉を切り、ジェラルドのほうを見た。

「恋愛《れんあい》に対してキャナリーさんは、とても無垢《むく》で奥手だった。それがジェラルド様と出会って初めて異性を意識し、やがて恋へと発展し……そこでようやく成人となる準備期間が訪《おとず》れ、蛹となり、魔力が喪失《そうしつ》したのではないかと」

「そして土砂崩れという危機に際し、ついには蝶へと羽化した。……あるいはすでに舞踏会において、ジェラルドとの恋が成就《じょうじゅ》したと確信した際に覚醒しており、昏倒《こんとう》したのはその衝撃《しょうげき》のためとも推測される」

重々しくレイモンドが話を引《ひ》き継《つ》いだ。

「また、歌声の代償《だいしょう》として、とてつもない活力が身体から奪われるというのも、翼の一族としての特徴《とくちょう》なのだそうだ。そのため、常に空腹が伴《ともな》い大食漢のように端《はた》からは見える」

聞きながら思わずキャナリーは、自分の腹部をそっと撫でた。

「こうして文献《ぶんけん》に照らし合わせてみると、すべてが状況《じょうきょう》に一致している。今のキャナリー嬢は『翼の一族』として、完全に覚醒した、と言えると思う」

「……そうなの……私が……」

黙って聞いていたキャナリーは、言われたことを頭の中でゆっくりと噛み締める。

するとき歩み寄ってきたレイモンドが、キャナリーの横に跪《ひざまず》き、頭を下げた。

「これまでの非礼を、許していただきたい。私はジェラルドを大切にするあまり、あなたのことを疑いすぎてしまっていた」

「兄上。それでは！」

ジェラルドが、嬉しそうな声を上げる。うむ、とレイモンドはうなずいた。

「大聖女が相手ならば、文句などあるはずもない。ジェラルドの相手としてこのうえなく相応しい！」

レイモンドは顔を上げ、ジェラルドに言う。

「そして、私はお前に詫びねばならん。まずはお前の言い分を信じず、耳を貸さなかったこと。さらには、余計な手を回し、ケートス王国との同盟に亀裂《きれつ》を入れそうになってしまった。……その状況を修復してくれたことに、心より感謝する。助かったぞ」

「……兄上……」

ジェラルドは驚いたように、誇り高い兄が自分に頭を下げるのを見つめる。

「寂《さび》しいことだが、いつの間にかお前はもう、立派な一人前の男になっていたのだな。そこを見誤ったこともまた、私の失点だ。恥《は》ずかしく思う」

「もうよいのです、兄上。頭を上げてください」

そう言うジェラルドの頰は、嬉しそうに紅潮していた。

その顔は長年にわたる兄の過保護、そして彼らを超えられないという呪縛《じゅばく》から、ようやく解放されたというように、晴れ晴れとして見えた。

レイモンドは、次にキャナリーに視線を移す。

「そして大聖女、キャナリー様。どうかこの私を、義兄《あに》と呼んではくれぬか」

「……ええと……。呼んでもいいですけど、ひとつお願いがあります」

キャナリーは、初対面の時とあまりに違うレイモンドの様子に笑ってしまいそうだったが、室内は静まり返っているので、ぐっと我慢しつつ答える。

「そんなふうに調べてくれたことには、感謝しています。だけど私は、ジェラルドの傍《そば》にいることさえ許してもらえたら、それでいいんです」

キャナリーはジェラルドを見て、にっこり笑ってみせた。

「私は令嬢でも庶民《しょみん》でも侍女でも、どんな立場になろうとも、自分は自分だと思ってこれまで生きてきました。そしてジェラルドも、どんな私でも受け入れてくれました。だからこれからも、私は私です。どうかお願いですから、大聖女キャナリー様、なんて呼ばないでください」

キャナリーは言って立ち上がり、皇族たちをぐるりと見回してから、明るい声で言った。

「ただのキャナリーとして、ジェラルドの傍にいさせてください！　お願いします！」

「キャナリー……！」

感激した面持《おもも》ちで、ジェラルドが立ち上がる。

そして人目も憚《はばか》らず、キャナリーを抱き締めた。

「何度でも言う。きみは本当にすごい人だ。知れば知るほど、一緒にいればいるほどに、俺はきみを好きになっていく」

「……ありがとう、ジェラルド。それはあなたが、私と一緒にいてくれるからよ」

しっかり抱き合う二人に対し、自然と皇族たちから拍手が起きた。

ハッとして二人はようやく身体を離し、照れくさそうにくすりと笑う。

ジェラルドは、青い瞳でじっとキャナリーを見つめた。

「キャナリー。父上や兄上たちがいるこの場で、正式に申し込むよ。俺と、結婚してほしい。……きみの返事を聞かせてくれ」

「──結婚。ずうっと一緒にいることよね？」

「そうだよ、キャナリー。楽しい時も辛《つら》い時も、うんと年をとってもだ」

「誰よりも、お互《たが》いを大事に思って暮らすのよね？」

「ああ、そうだ。きみがいれば、俺は他には何もいらない」

「ジェラルド……私もずっとあなたの傍にいたい。そうして一緒に笑ったり、泣いたり、食べたりしたいわ！」

キャナリーは言って、ジェラルドの両手を握った。

ぎゅっと握り返し、ジェラルドがコツンと額を合わせてくる。

至近距離《きょり》で見つめ合い、二人は幸せそうに笑い合った。

ジェラルドは今度は恥じらわず、キャナリーの手をしっかり握ったまま皇帝に、堂々と告げた。

「父上！　私はたった今、キャナリーと婚約《こんやく》しました。よろしいですね」

皇帝は彫《ほ》りの深い顔に、穏《おだ》やかな笑みを浮かべる。

「うむ。いいだろう。もともとわしは、許可をするつもりであったしな。だからもう、皇籍から抜《ぬ》けるなどとは、言わんでくれよ」

「俺様《おれさま》は前から賛成だったぜ。頭の固い過保護が、一人でキーキー言ってただけだろ」

ニヤニヤ笑うサイラスを、レイモンドがジロリと睨んだが、自分が悪いという自覚があるためか、気まずそうにして何も言い返しはしなかった。

ジェラルドは名残惜《お》しそうにそっと握っていた手を離すと、歩いていって控えの間の扉《とびら》を開いた。

そしてそこにいるであろう、キャナリーの仲間である侍女たちに向かって言う。

「さあ、シャンパンを持ってきてくれ！　きみたちも交ざって、どうか乾杯《かんぱい》をしてほしい。俺とキャナリーの、新しい門出《かどで》を祝ってくれ」

どよっ、と控室がざわめくのが、キャナリーにも聞こえた。

やがて頬をほてらせた侍女たちが、シャンパンとグラスを持って入ってくる。

皆はちきれんばかりの笑顔を見せていたが、メリッサに至っては、おいおいと嬉し泣きをしていた。

それぞれのグラスにシャンパンが注がれる間、ジェラルドはキャナリーに囁く。

「……欲を言えば、きみのご両親にも、一緒に喜んでいただきたかったな」

「私の、両親？」

思いがけない言葉だったが、言われてみれば確かにそうだ。けれどキャナリーとしては顔も見たことがない両親より、もっと慕《した》わしく思い出す存在がいた。

「そうね。でも、なんでも欲張りすぎるとろくなことはないわ。『片方の手で持てる分だけのパンが、腹にはちょうどいいんじゃよ』ってラミアがよく言ってたもの」

そう言ってキャナリーは、ジェラルドに微笑んだ。

「私はもう充分《じゅうぶん》すぎるくらい幸せよ、ジェラルド。あなたがいてくれるだけで、他には何もいらない」

「俺もだよ、キャナリー。きみがいればそれでいい」

うっとりと見つめ合っていると、アルヴィンが手際《てぎわ》よく周囲の確認をした。

「グラスは行き渡りましたね？　それでは、ジェラルド様」

ジェラルドはキャナリーの肩に手を回し、グラスを高くかざす。

「永遠の伴侶《はんりょ》となる、我が愛するキャナリーを受け入れし帝国に、末永く幸《さち》あらんことを願って!」

乾杯!　と一斉に手が上がり、豪華《ごうか》なシャンデリアの明かりが、キラキラとグラスに反射した。

ジェラルドは軽くグラスの縁《ふち》に口をつけた後、キャナリーの正面に立って額と額が触れ合う距離にまで、顔を近づけてくる。そして低い美声で囁いた。

「きみがいれば、そこが俺の帝国だ」

「ジェラルド……」

見つめ合う目と目の距離はさらに近くなり、ふっと瞳の焦点《しょうてん》がぶれる。

と、柔らかなもので優しく唇がふさがれた。

キャナリーは驚きつつも、従順にジェラルドの胸に身を預ける。

(唇と唇が触れ合うと、どうしてこんなに幸福な気分になるのかしら……)

生まれて初めてのくちづけは、どんなに素晴らしい帝国のデザートよりも、キャナリーの胸を甘く満たしていたのだった。

END

あとがき

こんにちは、もよりやです！

おかげさまで『追放された元令嬢《れいじょう》、森で拾った皇子に溺愛《できあい》され聖女に目覚める』の続刊を出すことができました。

正直、続刊が出せるとは思っていなかったので、担当さんからお話を聞いた時には、嬉《うれ》しくて部屋で飛《と》び跳《は》ねてしまいました！

一巻にジェラルドとアルヴィンが、自分たちが出国してきた帝国《ていこく》の事情をちらっと話すシーンがあります。

ですからその時に、漠然《ばくぜん》とではありますがこんな国で、ジェラルドにはこんな兄弟がいて……というイメージは固まっていました。

ではそこに、本作の主人公であるキャナリーが到着《とうちゃく》したら何をするのかな？　と考えると、絶対にお姫様《ひめさま》としておとなしくしてはいないだろうなと。

そしてこれもまた一巻でジェラルドとキャナリーが会話をしているシーンに、ヒントがあります。

そんなところから、二巻の構想は始まりました。

このたびそれが形になって、本当に嬉しいです！


イラストはもちろん、茲助《ここすけ》先生が担当してくださいました！

クセの強いお兄様二人を個性的に、魅力《みりょく》的に描《えが》いてくださって、本当に嬉しいです！

茲助先生、二巻もありがとうございました！


そしてこの作品のコミカライズは、すずむし先生が担当してくださり、コミックス第一巻が大好評発売中です！

もちろん連載《れんさい》も続いていて、チェックのためのネームを送っていただけるのが、毎回楽しみで仕方ありません。

小説を読んで気に入っていただけた読者様には、ぜひぜひコミックも読んでみてほしいです！

出てくる動物さんたちもすごく可愛《かわい》いですし、キャナリーがお料理やデザートを、本当に美味《おい》しそうに食べるので、こちらまでお腹《なか》が空いてくるほどです！


このたび続巻が刊行できたのは一冊目と同様、担当様、校正様など本当にたくさんの方々のご協力のおかげです。
そして最後になってしまいましたが、何より読者のみなさまに感謝しています！
本当にありがとうございました！

もよりや

※本書は、二〇二一年にカクヨムで実施《じっし》された「第四回ビーズログ小説大賞」で特別賞とコミックビーズログ賞を受賞した『追放のゴミ捨て場令嬢は手のひら返しに呆《あき》れつつ、おいしい料理に夢中です。～求婚《きゅうこん》してきた王子をひっぱたき、帝国皇子とともにいきます！～』を加筆修正したものです。

■ご意見、ご感想をお寄せください。
《ファンレターの宛先》
〒102-8177 東京都千代田区富士見2-13-3
株式会社KADOKAWA ビーズログ文庫編集部
もよりや 先生・茲助 先生

B's-LOG BUNKO
ビーズログ文庫

●お問い合わせ
https://www.kadokawa.co.jp/ (「お問い合わせ」へお進みください)
※内容によっては、お答えできない場合があります。
※サポートは日本国内のみとさせていただきます。
※Japanese text only

追放《ついほう》された元令嬢《もとれいじょう》、森《もり》で拾《ひろ》った皇子《おうじ》に溺愛《できあい》され聖女《せいじょ》に目覚《めざ》める 2

もよりや

2023年9月15日 初版発行

発行者　山下直久
発行　株式会社 KADOKAWA
〒102-8177 東京都千代田区富士見 2-13-3
(ナビダイヤル) 0570-002-301
デザイン　伸童舎
印刷所　凸版印刷株式会社
製本所　凸版印刷株式会社

ISBN978-4-04-737570-3 C0193

定価はカバーに表示してあります。
◇◇◇

ビーズログ文庫
冷酷皇帝は人質王女を溺愛中
なぜかぬいぐるみになって抱かれています
お飾りの皇妃なのに、陛下が過保護です!?
※ただしぬいぐるみ限定?
①〜②巻、好評発売中!
奏《かなで》 舞音《まいね》
イラスト/comet
試し読みはここをチェック★
人質として冷酷皇帝ヴァルトに嫁いだフェルリナは、ある日刺客に襲われぬいぐるみに憑依してしまう！　すると冷たい態度だった陛下が一変。「かわ……いい」「いいから側にいろ」と片時もフェルリナを離さなくなり!?

ビーズログ文庫

記憶喪失の侯爵様に溺愛されています
これは偽りの幸福ですか?
お飾り妻のハズなのに
旦那様から溺愛されまくり!?
①～⑦巻、好評発売中!
春志乃《はるしの》
イラスト／一花《いちげ》夜《よる》
試し読みはここをチェック★
訳あって引きこもりの伯爵令嬢リリアーナは、極度の女嫌いである侯爵ウィリアムと政略結婚をすることに。だけど旦那様が記憶喪失になり、一目惚れされてしまい!?　夫婦の馴れ初めをやり直す糖度120%のラブコメ!